赵振元散文自选集

枫叶红了

赵振元　著

作家出版社

作者简介

赵振元，1955年12月生，浙江平湖人。博士，享受国务院特殊津贴专家，中国作家协会会员，荣获亚洲管理创新十大新闻人物、2004年与2020年两次荣获全国十大经济新闻人物称号。在2023年11月第六届中国国际光伏产业大会上，被授予"中国光伏20年·20名功勋企业家"。2024年6月，在第十七届上海SNEC光伏大会上，被授予"全球太阳能领袖"。

现为中国信息产业商会副会长、中外散文诗学会执行主席、四川省散文诗学会会长、无锡新能源商会理事长。

先后出版有《窗外飘着雪》《江南的雨》《红旗飘飘》《我们走在大路上》《浪花里飞出欢乐的歌》《今夜又下着雨》《城市记忆》《诗情画意咏人间》《江南运河情》等文学专著，《江南的雨》《红旗飘飘》《圣洁的阳光》等配乐朗诵专碟，以及与夫人张小平合著的游记《行走在远方》《外面的世界》《一路风尘》《人在路途》（上、下册）、《我在这里等你》（上、下册）等。

你的心灵就是一片最美的风景

何建明

人的眼睛，是心灵的一扇窗口。透过你的眼睛，听你诉说你所看到的风景与那些不同凡响的感悟，是另一种风景的传递和愉悦方式……读赵振元先生作品，会是这样的感觉：醉醉的、入神的和启迪式的。

起码，我是这样喜欢他的作品。

首先是因为我熟悉他，并知道他的这些作品来自何方、为何而写、价值所在，以及他内心对那些笔下的物景和人生感叹的意义触感点，可能比普通读者更深入了解——因为我们是同代人、近龄人，平时也常有交流，虽然我没能像他一样有如此丰富的观景可能与繁重的工作压力。

就散文而言，形在"散"上，也贵在"散"上。《枫叶红了》由四辑内容组成，分别是"人生风景线""散落的珍珠""思想的光辉"和"域外游踪"。我们从这四辑的内容分类看，也趋于一种"散"。但当你将全书读下来，则显然会被每一辑那些精美的作品烙下一种共同的感受：美的文字下，牵动、闪耀着一串串共同价值观和人文精神的思想。这是作者的文品和文采共同作用下的特质。可以这样说，它是"赵振元体散文"。其特点是：目光所到之处，皆是景和思；足迹行至地，定是分外美与情；举目间，天与云里藏着哲思，风和雨里可感人间冷暖；抬头时，阳光透着的是善良与温暖；低首间，皆是你我他的沧桑与追问……

是的，人生就是一部各不相同又极其相似的书，它或"平淡而平庸"，又可能明天会有"更美的彩虹"。如人的爱憎和喜怒，似风的平静与狂暴，包容与宽宏都十分重要。什么时候能够心如天际、情如湖水时，"枫叶"便红了。那时，你的生命就会生机勃勃，就会光彩照人，也就会获得更多收获与经验，自己给自己营造一个丰富而值得的人生过程——这些都是赵振元先生的作品给予我们的一份精美而不可或缺的营养。

我比较喜欢他的作品中随时跃动的那些文字，因为那些文字代表着他的心灵正敞开着最美、最惬意的时刻，因此也最能透出他的才华的高度和情感的浓度，给予他人的启迪价值也是最大时。比如像《自己亦是风景》《做命运的主人》等篇章，其中有些文字和句章，十分精辟而充满精良的质地，你听：

精彩人生，是一段戏，大幕拉开，好戏在后；精彩人生，是一曲歌，歌声悠扬，响彻天外；精彩人生，是一场舞，舞姿翩翩，天上人间；精彩人生，是一个梦，梦里百转千回，终变真……

通过文字，把自己的人生经历和纵观人世间的一切，看透了，熟知了，从而道出深刻而普遍的意义来为他人所感叹与启迪。这就是"文章作用"。

赵振元的散文作品很多，如散落在沙海里的一粒粒闪亮的金子，你只要有心去"拾捡"起来，获得的将是一面风景、一片世界……因为这是一个智者的思想，一个热爱生活的人所给我们酿制的甘醇，相信你读后会与我有同样的体味。

枫叶红了。岁月更是如霞之美，而赵振元先生给我们的那片枫红，则是他亲自绘制的一道特殊风景，迷人得很！来一起观赏吧！

2024 年夏

目　录　｜　第一辑　人生的风景线

太阳，每天都是新的　　　　　　　003

人生的风景线　　　　　　　　　　005

路，永远在远方　　　　　　　　　007

月有阴晴圆缺　　　　　　　　　　009

旅游，不只是风景　　　　　　　　011

无法回到从前　　　　　　　　　　013

风雨之后，是更美的彩虹　　　　　015

时间，哪里来？　　　　　　　　　018

感谢的心，感恩的情　　　　　　　020

格局　　　　　　　　　　　　　　022

人的聚散　　　　　　　　　　　　024

生态圈　　　　　　　　　　　　　026

要有包容的心态　　　　　　　　　028

今日小雪　　　　　　　　　　　　030

枫叶红了　　　　　　　　　　　　032

翁基的云海　　　　　　　　　　　035

烟花三月下扬州　　　　　037

自己亦是风景　　　　　　040

做命运的主人　　　　　　042

金子，总有闪光的时刻　　044

第二辑　撒落的珍珠

水到渠成　　　　　　　　049

脱离火山口　　　　　　　051

撒落的珍珠　　　　　　　053

开卷有益，动笔有获　　　055

道不同，不相为谋　　　　057

最大的伯乐是谁?　　　　059

脱颖而出　　　　　　　　062

纸上得来终觉浅　　　　　065

备胎的重要　　　　　　　067

思路，决定着出路　　　　069

尘埃落定　　　　　　　　072

得失之间　　　　　　　　074

恋旧与趋新　　　　　　　076

绝知此事要躬行　　　　　078

摸着石头过河　　　　　　081

专心做事　　　　　　　　083

进退之间的选择 086

改变，要从自己做起 089

皮之不存，毛将焉附 091

邯郸学步 093

见缝插针 095

咬定青山不放松 097

第三辑　思想的光辉

王国维与他的境界 101

慈爱宽容装两半 103

国庆思念聂耳 107

袁隆平院士 110

人民科学家南仁东与中国天眼 113

致敬，亚洲老师 118

听建明老师讲党课 121

我的好朋友晓弦 123

澎湃而强大的红色基因 126

屯垦天山下 131

双清别墅前的思考 134

香山革命纪念馆 137

方志敏的《可爱的中国》 140

马兰花开，此爱绵绵无绝期 144

父亲   149

民乐弄 6 号   152

指导员   159

姐姐   165

听妈妈讲那过去的故事   171

花木兰   174

往事并不如烟   178

女排精神，永放光芒   182

第四辑　域外游踪

一个城市的灵魂   187

茜茜公主   190

花的国度   194

再游岚山   196

多瑙河之夜   200

苏格兰风情的爱丁堡   204

活力城市利物浦   207

人间正道是沧桑   211

柏林墙下的思考   214

佛光，在阳光下闪耀   217

落基山脉与那些美丽的湖泊   219

地中海风情   223

辉煌的金字塔   224

撒哈拉沙漠路上的风景   226

畅游尼罗河   228

美丽的红海   230

埃及好友穆伊   233

第五辑　古诗新意

九万里风鹏正举——读李清照的词   239

野火烧不尽，春风吹又生——读白居易的诗词   243

与君子同行——读欧阳修的诗词   247

东边日出西边雨——读刘禹锡的诗   251

独钓寒江雪——读柳宗元的诗词   255

总把新桃换旧符——读王安石的诗文   259

千里马常有，而伯乐不常有——读韩愈的诗文   264

柳暗花明又一村——读陆游的诗词   269

稻花香里说丰年——读辛弃疾的词   275

江东子弟多才俊，卷土重来未可知——读杜牧的诗文   280

曾经沧海难为水——读元稹的诗文   287

机关用尽不如君——读黄庭坚的诗词   292

[第一辑]

人生的风景线

太阳，每天都是新的

我们每天都是迎着太阳升起，开始忙碌的一天；都是随着太阳落山，而结束白天的工作。太阳，是我们最快乐的伙伴，最重要的导师，最重要的指路明灯。

在新常态下，我们每天都遇到新挑战，每天都有新内容。新转型、新资本、新市场、新知识、新问题、新挑战、新伙伴……一切都是新的，这些新挑战，冲散了长期工作的疲倦感，使放松的神经突然紧张来，使原本想懈怠的心情顿时集中起来，每天都是新内容，每天都需要抓紧学习，才能进入新角色。

太阳，就是最好的老师。太阳，每天都是新的，在清晨，一轮红日喷薄而出，照亮大地，给大家带来光明，带来希望；中午，太阳正中，给万物以充足的能量，保证万物的生长；落山时，金色的晚霞给大地带来金色的光芒，给大地披上一道金色的霞光，带来奇特的景色。

太阳，就是这样，一天又一天，一年又一年，以不倦的精神，以永不枯竭的蓬勃能量，每天给大家带来新欢乐，带来新动力，带来新希望。

　　或许每一天都这样平淡，或许每一天都这样疲惫不堪，或许每一天都如此充满挑战，或许每一天我们都面对如此多的问题，但要像太阳一样，用火热的激情，不倦的意志，昂扬的斗志，永不放弃的精神，迎接每一天。在每一天里，给大家带来信心，给大家带来阳光，给大家带来欢乐，给大家带来巨大的前行动力。

　　或许每一天都是机会，或许每一天都是考验，或许每一天都是道坎，或许每一天都是转折。只要心中有太阳，胸中有理想，脚下有底线，脑中有智慧，身上有意志，手里有资源，实际有行动，就一定能创新每一天。

　　或许每一天都是如此平凡，或许每一天都是如此平淡，正是这些平凡与平淡，构成了真实的生活，而这些真实的生活组成了真正的生命，做好每一件事，过好每一天，就是精彩人生。

　　过好每一天，在每一天中坚持，在每一天中守候，在每一天中努力，在每一天中发现，在每一天中成长。

　　生活就是这样，如同一面镜子，你对它笑，它就笑；你对它哭，它就哭。新的一天就是这样，你充满信心，它总是充满美好。

　　忘掉那些烦恼吧！忘却那些不愉快吧！一切都在心中，心里愉快，一切就愉快；心里坦荡，必定天地宽。

　　让我们像太阳一样，每天都是新的，每天充满活力，永远朝气蓬勃，放射不灭的光芒，温暖人间。

人生的风景线

自然界，风光无限，千姿百态，组成美丽的自然风光。但美丽的风景都不在近处，都在远处，都在险处，都在高处，都在崇山峻岭处，都在蜿蜒曲折处，都在无人处，都要艰难跋涉，历经种种险阻，克服种种困难，有时甚至可能危及生命，才能看到美景，才能触及那些美丽的风景。

人生，也是一样，人生的风景线，从来不是轻易能获得的，同样需要历经磨难，百转千回，才能成就美丽的风景线。

人生的一道道风景线，由人生的一段段经历组成，机会造就命运，心血促成机会，丰富一段段履历，怒放一段段生命，精彩一段段人生，组成人生的独特风景线。

人的生命不可复制，人的历史无法重写，人的经历不能改变，我们虽无法改变自己的命运，但我们依然可以在命运的安排中，精彩自己的人生，挥写出美丽的人生风景线。

行行出状元，只有贵贱的心态，没有贵贱的岗位。任何职位，只能风光一时，而不能风光永远，当功成身退，一切光芒都会暗淡下去，只有思想、艺术、品德、魅力与贡献永放光芒，才能永留青史。

人生到处都是风景，人生的风景是人画的，只要努力做，没有什么不可能。历史是人创造的，生命是自己的，人拥有生命只有一次，无限珍贵，我们一定要使自己的生命如诗、如画，如歌、如泣，如彩云、如太阳，那样精彩，那样美丽，那样光彩夺目。

风光人生吧，风光的人生属于那些勇敢者，属于那些无畏者，属于那些在崎岖的道路上奋发攀登的人。

精彩人生吧，精彩的故事，必须要有精彩的内容，而精彩的内容都由苦涩与泪水组成，都由艰险与苦难绘就。

丰富人生吧，每一次危机，每一次磨难，每一次生死劫，都考验着人生，它们与成功的欢乐一样，同样丰富着人生。

美丽人生吧，美丽的人生之花不会自己盛开，它靠真诚培育，靠心血浇灌，靠用心呵护，靠生命保护。

路，永远在远方

人生的路，有起点也有终点；发展的路，有开幕而难谢幕。

路，在梦里，在心里，在脚下，在远方，在天边。

远方的路，充满未知，充满挑战，唯有胆量与智慧开辟，唯有小心与谨慎防范。

远方的路，崎岖不平，道路有险阻，风云有突变，要洞察一切，去险排难，闯出新路。

远方的路，登攀依然吃力，任务依然艰巨，你无法停下来，必须继续勇敢前行。

前方的路，只有继续前行，而无法退回来，退回来，前功尽弃，彻底完败。

前方的路，在坚持中，出现希望，看到曙光，这光明的曙光带来了信心，鼓舞着勇气。

冲刺的时间，已经不多了；上阵的机会，已经越来越少了，但大决战的态势已经形成，为决战的准备到了最后阶段，为这个时刻的准备已经充分，已经太久。

告别战场，不是在冲锋发起时，而是在胜利的时刻。

离开战场，不是在奋力登攀时，而是在巅峰欢呼那一刻。

战斗，远不会结束；高潮，总在后面；路，永远在远方。

月有阴晴圆缺

人的一生都是在分分合合、聚散离别中度过。在古代，朋友间的聚散离别、书信往来，往往是诗歌创作的主要来源之一，在诗人作品中占比极大。

现代生活中，交通的便捷，手机的普及，微信的使用，使千里之隔的思念变成瞬间的相见，这固然是一种古人未曾想到的飞跃，但没有了距离，缺乏了空间，失去了时间，也就埋没了更多不朽的诗篇。

每一次征程，都是与客户与战略伙伴的亲密接触与交流，是老朋友的重聚，是新朋友的相识，是新朋老友的会面，一旦分手，有的是对下次再见面的期盼，对深化合作的期待。物以类聚，人以群分，与志同道合者前行，才能迎来明媚的春天，才能迎来事业的不断发展。

每一次旅途，都是与亲密朋友同行，都是与朋友们近距离的交流。旅途中，烦恼置于脑后，换来的是对风景的迷恋，对再出发的新思考。旅途，实际是另一种工作方式。思维，往往在放松时会突发联想，新思维涌动，新思想聚焦，从而形成新的行动纲领。快乐的旅途，往往会增添你对美好生活的向往，会增进你与朋友们的情感，为未来增添新的动能。

然而，天下没有不散的筵席，送君千里，终有一别。相聚时，快乐满满，离别时，依依不舍，正应验了"人有悲欢离合，月有阴晴圆缺，此事古难全。但愿人长久，千里共婵娟"的诗篇。

再出发，又是新的旅途。人生路上永远是旅途，人生路上永远是风景，人生路上永远有风雨，新的旅途将使我们的人生更加精彩。

再出发，又是新的使命。使命在肩，责任重大，考验不断，在再出发中开辟新的航线。

再出发，再会朋友们。朋友多了路好走，新朋友不断，老朋友永在，过去的一切将永远珍藏在我们的快乐回忆中。

旅游，不只是风景

旅游，是看风景，体验当地风情，了解历史等，但旅游更多的是一种快乐的经历，是一种愉快的生活，是人们学习的另一种新方式。

旅游，是一种快乐的经历。任何经历，都是财富，只有经历过，才能深刻体会到，而只有深刻体会到，才能更多地去理解，去把握。快乐的经历，带给人们很多新的启示，很多新的机会，这些机会往往会改变你。

旅游，是一个学习的过程。人们旅游，往往选择没有去过的，或虽去过还需要加深印象的地方，这些旅游景点，往往是历史、文化、艺术、建筑、人物、故事、风俗等的综合，很多从未见闻的知识与很多一知半解、道听途说的东西，通过亲身接触与旅游，得到了全新的认知，开阔了你原本狭窄的视野。旅游，给你展示全景式的知识版图，通过旅游的感受，通过查阅相关资料，你会学到许多无法从书本上得到的东西，许多疑似问题会豁然开朗，是旅游打开了你知识的天窗，开启了你智慧的大门。

旅游，是思想活跃的集中时期。旅游，把繁重的工作放到一边，一路轻松上阵，使自己的身心得到自由释放，换来的是全身的放松，而轻松则会容易使人的思维涌动，思想活跃，新想法频出，新思想突现，茅塞顿开，"柳暗花明又一村"，思想出现全新的境界。

旅游，是增进了解的过程。平日里，大家在工作中的了解还是肤浅的，在旅途中的相互了解会更真实、更全面，对于你了解人、发现人才、纠正一些偏差，都会有很大的帮助。

"纸上得来终觉浅，绝知此事要躬行"，旅游是亲身的实践，是快乐的经历，是知识的学习，是认识世界之路，是走向必然王国之路。一切书本上的知识，都需要在实践中获得检验，都需要在实际中感受深化，而旅游就是一个书本知识与实践相结合的过程，是人们追求快乐的好方式。

无法回到从前

结构性的调整，是非常痛苦的一件事，也是非常快乐的一件事；是必须要坚持的一件事，一旦推进，便无法再回头。

结构调整之所以非常痛苦，是因为结构调整打乱了原来的结构，改变了原来的秩序。这必然会引起原来结构的大动荡，带来一系列阵痛，这阵痛非常折磨人，严重时，简直让你后悔不迭，甚至有马上叫停的想法，想重新回到原点。

无法回到从前。因为结构调整的效果开始显现，光灿灿的未来，已经在向我们招手，坦途一片，辉煌远胜从前，再坚持一下，胜利就会到手，曙光就在前头。

无法回到从前。曾经沧海难为水，站在新的历史高度，审视过去；站在新的历史起点，看待过去。过去的渺小，无法与今日之强大比肩；过去的弱小，无法与今日之强健比美。

不能回到从前。从前的，无法持续；从前的，道路太窄；从前的，阳光不够灿烂。

不能回到从前。转型，不能半途而废；前进，而不能后退，倒退是没有出路的；前行，没有笔直的路。

告别从前，结束过去，开辟未来，投入新的战斗，拥抱新的生活，面向新的未来。

旧的不会轻易离去，新的不会轻易到来，美好的未来，只有靠辛勤付出才能得到。

泪水不会轻流，汗水不会白淌，心血不会付诸东流，太阳每天照常升起。

浴火重生，凤凰涅槃，脱胎换骨，都不是容易的事，也不是常人轻易能做到的。没有坚强的意志，没有破釜沉舟的决心，是不可能成功的。

成功，总是一步步的，没有一蹴而就，就像人类登月上天，需要无数次探索才能成功；就像两万五千里长征的艰难征程，只有一步一步才能完成。

每一次新生，都伴随着痛苦；每一次痛苦，都意味着重生；每一次重生，都是生命的再一次飞跃。

"雄关漫道真如铁，而今迈步从头越"，从头越，新如画，美如景，大道上阳光照，梦飞千里终成真。

风雨之后，是更美的彩虹

　　一场暴风雨，在没有准备下，突然来临，来得这么急，来得这么凶，来得这么猛。在经历这场暴风雨后，一切是如此释然，一切是如此清醒。

　　风雨之后，天更蓝，空气更清新，是更美的彩虹。不经历风雨，怎么见彩虹，没有人能随随便便成功。这句话，平时没有太深的体会，在经历人生最大的考验后，才明白其中的含义。

　　战士，必须面对不停的挑战，不断接受新的任务，永无止境。

　　勇士，必须面对一切对手，敢于直面惨淡人生，血雨腥风的战斗，必须取得最后的胜利。

　　领袖，必须保持独特风采，在重压下保持清醒头脑，以卓越智慧，无畏胆略，不屈意志，不为左右，带领团队，过急流，绕险滩，冲出重围，继续前行，去实现伟大的梦想。

　　暴风雨能摧毁很多，很多的东西在暴风雨中荡然无存，暴露无遗。暴风雨是对自然的考验，是对人生意志的考验，是对人生存能力的考验。能否经得起这场大考，能否在风雨后迎来更加明媚的春天，就看能否扛住这场暴风雨。

大智慧，化解这场暴风雨。智慧的力量是无敌的，没有解决不了的困难，没有迈不过去的坎，没有化解不了的矛盾，没有永不消失的仇恨。智慧，可以提供解决问题的良策。

大勇气，迎接这场暴风雨。这场暴风雨来得急，来得凶，来得猛，大有吞并一切之势，没有巨大的勇气，没有勇敢的胆略，在这场暴风雨前必会败下阵来，必须要有大勇气，聚集一切能量，与之决战。

大胆略，既要有决战的勇气，又要有决战的胆略，树立必胜的信念，从容不迫，迎接挑战。胆气高，敌胆怯。

大底线，要坚持底线原则，决不突破。底线，既是原则，也是力量。无论谁，都不能绑架别人，人都是自由的，自由比生命都宝贵。坚持底线，坚守底线，不为一切势力所左右，这就是最大的力量。

大忠诚，忠诚是一切的基础。在利益面前，是人生的大考验。是为自己，还是为大家，这是一道分水岭，也是试金石。忠诚是一切力量的源泉，是团队力量的保证。永远不要脱离团队，永远与亲爱的团队同命运，共呼吸，这就是忠诚。

大逆转，在危急关头，成功实现大逆转。峰回路转，出现大逆转，暴风雨突然停止了，天空出现灿烂的阳光。阳光下，是蔚蓝色的天空，驱散了乌云，换来了明媚的晴天；是智慧和勇敢，是底线与忠诚，是团队的力量，成功实现大逆转。

暴风雨来得这么急，来得这么凶，使一切事物现出原形，所有的人都得到各自的教训。唯有真正的英雄，在经历这场风雨后，更显其独特风采，英明的舵手，必将得到更多忠诚的拥戴，与亲爱的团队继续前行，继续伟大的事业。

风雨之后，是更美的彩虹；风雨之后，是更静的湖面；风雨之后，是更美的画卷；风雨之后，是更美的风景；风雨之后，是更深的爱。

风雨之后，我们将继续前行，行进在弯弯的小路，直到到达光辉的顶点。

时间，哪里来？

实现梦想，需要时间，但时间哪里来，时间在哪里？都是值得我们思考的。

时间，就像海绵里的水，只要愿意挤，总是有的。对于忙碌的人来说，挤，是获取时间的主要方式。

时间，稍纵即逝，如何抓得住，是一门艺术。对于忙碌的人来说，往往没有整段时间，抓时间，主要是利用零星时间，早晨的、中午的、晚上的、出差的、插空的，等等，一切可以利用的零星时间都十分宝贵。

时间，是最宝贵的，但健康、工作、娱乐与亲情同样重要。

健康，是一切的基础，没有了健康，也就没有了时间，健康是时间的载体，为了健康，锻炼是必需的。

工作，是生计的基础，没有了生计，影响了生存，时间就得为生存而奔波，更难保证了。

娱乐，包括休闲，也是生活的一部分，适当娱乐，该尽兴时，充分放开，使自己的精神获得充分释放，调节大脑，放松神经，会显著提高时间的利用率。

亲情，是生活意义的所在，没有了亲情，就没有生活的意义，没有了生活的乐趣，再多的时间也没有意义。

生活，尽量简单一些；礼仪，尽量少一些，能过去就过去，这样可以有更多的时间。简单，可以节省时间；简单，有利于健康；简单，可以节约财富；简单，可以赢得生命。

朋友，不必太多，太多了，应酬太多，也是包袱，无意义的应酬，耗去许多宝贵时光。

承诺，不必太多，太多的承诺，无法实现，同时要花去许多时间，浪费许多光阴。

成果，激励人们去抓紧时间，每当在繁忙中，新作不断，成果累累，就是对抓紧时间的最大奖赏。

差别，主要不在先天，而在后天的努力；后天的努力，主要确立正确的方向与如何赢得宝贵时间。

将能利用的时间充分利用，就是争取了时间，就是争取了生命，就是延长了宝贵的生命；将这些时间聚焦到有限的目标，短期就可见效，长期必大放异彩，创造奇迹。

时间，是与对手较量的另一个战场，或许是最重要的战场，争取时间的意义就在于此。

感谢的心，感恩的情

    机会，除了自己努力去抓之外，领导的支持，环境的条件，都同样重要，尤其是贵人相助，甚至比自身努力更为重要。

    机会，千载难逢，但抓住它并不容易。机会，靠智慧的眼光，靠巨大的勇气，同样靠贵人相助。

    成功，除了自己的努力外，领导的支持，团队的同心，战友们的齐力，都同样重要。

    成功，造就各方，实现共赢，形成巨大洪流，不可阻挡，改写历史，铸就辉煌。

    在鲜花与掌声面前，更多的是感谢的心，更多的是感恩的情，更多的是平静的心。

    在成功与荣誉面前，更多的是冷静的心，更多的是难忘的情，更多的是永远的梦。

    人生的每一步，都很重要，没有上一步，就没有下一步；人生的每一个转折，都很重要，没有上一次，就没有下一次，而贵人相助，是能否实现转折的关键。

人生的每一步腾飞，都与贵人相助密不可分，都与团队努力紧密相关；人生的每一次精彩，都是机会、努力加贵人相助。

没有改革开放的大环境，没有改革开放大环境中那些远见卓识的贵人的相助，没有团队的合力，我们今天什么都不是。

高楼大厦，由一砖一瓦建成；发展大业，是一步一步走来；精彩人生，由无数的浪花飞溅构成；成功的乐章，由无数交响乐声组成；鲜花与掌声，其后是艰难的付出。

常说感谢之话，常怀感恩之心，常念知遇之恩，常思感恩之情，常做报恩之事。

在贵人的相助下走来，努力修炼成为"贵人"，慈爱宽容装两半，为人才成长而摇旗呐喊，为中国高端产业发展而终生不懈奋斗。

党的二十大的召开，将开启一个新的时代，必将成就更多的人才，成就更多的宏图大业。

格　局

大格局，是由大手笔带来的，是由大手笔形成的。没有大手笔，难成大格局。

魄力，带来大手笔；大手笔，推动大变局；大变局，形成大格局。

大变局，是事物的转折点，大变局带来大转折，大转折带来新格局。

魄力，来自勇气，来自思路。看得准，看得远，看得深，才能下大决心。

突破常规，超越发展，必须要有大格局，必须要有大动作，必须要有超常人的战略思维。

决心要下得早。只有下得早，才能抓住机会，才能赶上浪潮，才能趁势而为，才能建立优势。

决心要坚决。犹豫，痛失时机；徘徊，错过机会；彷徨，胜利会擦肩而过。

大格局，要有大思路；大思路，决定大格局。要建立起对手无法超越的优势，必须在思路上、在战略上、在格局上超越对手。无论对手一开始多么强大，只要在战略上开始超越，假以时日，必有全面超越对手之时。

格局，是一个体系。格局一旦形成，很难轻易改变。不断形成的大格局，带来了大发展，而不断的发展，推动更大格局的形成，带来更大优势的确立。

大格局，来源于对未来发展的准确把握，来源于对自身实力的准确判断，来源于对竞争对手的科学分析，来源于对每一个可能存在的机会的果断把握，来源于敢为天下先的创新精神，来源于变不可能为可能的拼搏精神，来源于永不言败的斗争精神，来源于无私无畏的献身精神，来源于永不自满、永争第一的蓬勃向上精神。

"问君那得清如许，为有源头活水来"，大格局，是由大思路决定的，大思路来源于不断的学习与探索，来源于对科学发展与真理的不倦探索，来源于勇敢、善良、宽容的高贵品格。

人的聚散

人的一生，在分分合合中度过；人的一生，在悲欢离合中演绎。

分，是一种需要，合，是一种必然；离，是一种安排，聚，是一种结果。

这一切，都是上帝的安排；这一切，都是必然的结果。聚散天注定，不怨天，不怨地，这就是生活，这就是人生。

分，虽然很痛苦，但分手后的思念也是幸福，因为这思念，是梦想，是寄托。距离产生美，保持一定的距离，保持一定的空间，保持一定的神秘，保持一定的吸引，或会带来更多的美好。因此，分，也有积极意义。

合，虽然很好，但合在一起会有矛盾，会有不合，距离太近，看得太清，过去的美好，或会荡然无存。深入了解后，会有多方面的冲突，这样的合，也会带来痛苦。因此，合，也有消极意义。

真诚对待人生，坦然面对聚散，乐观看待分合，从容应对悲欢离合，是我们人生的一个考验。

缘分，是天生的；相爱，是后天的。

天生不注定，后天没有缘。该合就合，该分就分。

聚有缘，散有果。保持对梦想的追求，接受命运的安排，珍惜生命的一切。

真正的爱，不仅是梦中的思念，更是现实的期盼；不仅是共风光，更是同磨难；不仅是扬帆的快乐，更是暴风雨时的同心。

真正的爱，不仅需要个性的保持，更需要对自己个性的调整，要努力去适应。宽容，说起来容易，但真正做到并不易；而真爱，必须学会理解，学会宽容；没有包容，就没有真爱。

风雨同舟，朝夕相处情更深，思更烈；上天注定，珍惜缘分意更坚，爱更浓。

珍惜上帝的安排，珍惜缘分的不易，好好生活吧！

生态圈

生态圈，有多种形式，有政治的、经济的、科技的、社会的、自然的、生命的、生物的等。

作为生态圈，都有一些共同特征，其形成与发展都有一些规律，值得我们注意。

生态圈是一个链条，各个部分都是组成圈内链条中的不同环节，每个环节都是不可缺少的，都是维持生态圈正常运行的要素。

生态圈与环境密不可分。一定的生态圈都是在一定的环境下生存的，环境对生态圈的形成影响极大。环境，是历史发展形成的，历史的发展必定会留下岁月的痕迹，要抹去这些痕迹是很难的。改变，需要时间，需要外力，需要系统合力。

生态圈，是一个利益共同体，大家都在生态圈中生存、受益，一损俱损，一荣俱荣，要想改变生态圈，必定会触动圈内各方利益，必定会受到抵抗，因此改变生态圈并非易事。

生态圈，是按类别聚合的。人以类聚，物以群分，不同的人在一起，不同的物在一起，组成了完全不同的生态圈。这些不同的生态圈，虽互不相容，但会相互影响。

生态圈，有各种形态，有健康的，有绿色的，有可持续的，可循环的；也有不健康的，灰色的，不可持续的，被破坏了的。

建设一个健康的社会生态圈，是和谐社会的基石，是公平社会的保证。权力，在阳光下运行；监督，在公众的视野下；道德，潜入人们的心灵；规则，成为行动的准则；制度，约束人们的贪欲；威慑，震慑人们所为，这就是我们倡导的健康、可持续的社会生态圈。

要有包容的心态

我们生活在一个丰富而复杂的世界里，对待周围的一切，要用辩证的眼光看待，否则我们会时常陷入无尽的烦恼。

第一，要正确认识公平正义。公平正义，是相对的，而且公平正义的注解，不同的人，不同的角度，都有不同的判断尺度。因此，当我们因遇到"不公"而愤愤不平，心中充满愤怒时，首先要平静下来，冷静地分析，是否存在真的"不公"？

第二，要有胸怀包容过去。过去的，既已过去，就让它过去吧，何必老是放在心上？重要的是如何向前看，向前看，才有前途；向前看，才有出路；向前看，才有未来。让自己沉湎于过去不愉快的事，深陷其中而不能自拔，是自寻烦恼。历史，已经过去，就让它过去吧；历史，无法重来，让一切翻开新的一页吧。努力创造新的历史，努力跨越未来，努力改写过去的历史。

第三，不做没有结果的事。人的一生，时光匆匆，非常短暂，一生一定要做些有意义的事，让这些有意义的事留在世界上，而不去做没有结果的事，那样会浪费时间，破坏心情。人世间总是美好的，美好总是占主导的，否则人生还有什么意义？因此，我们要利用有限的生命，去做有意义的事，让生命放射非凡的光芒。有些事，当时看可能有些吃亏，但"吃一堑，长一智"，坏事会变好事。要容纳过去，包容历史，面向未来。

第四，欢迎别人的进步。看到别人的进步，应当高兴，而不是嫉妒；是激励自己，而不是采用不正当手段攻击别人。别人的进步，是别人付出心血得来的，"一分耕耘一分收获"，这是千古不变的真理。我们应当从别人的进步中看到差距，看到自己努力的方向。没有竞争，就没有进步。竞争压力，也是前行的动力。人们在竞争压力下，往往动能更足，创新更多，前进会更快。

今日小雪

今天是小雪，亲朋好友们在朋友圈里提醒着这个日子，因此知道了今天是小雪。只可惜成都没有雪，看雪要到西岭雪山去，杜甫的"两个黄鹂鸣翠柳，一行白鹭上青天。窗含西岭千秋雪，门泊东吴万里船"的诗篇常在我们耳边响起，让人感到成都离雪并不遥远。

由于防疫的需要，已经有半个月没有离开成都了，也没有与成都的朋友们来往，就是两点一线，从家里到办公室，再从办公室到家里，还有的就是每天必须要做的事——散步。就这样过了两周，准备迎接第三周——仍然是这样有规律的生活。

成都的天气，时冷时暖，捉摸不定，而疫情防控期间，人们的沟通虽然可借助于电话与微信，打破时空阻碍，但毕竟不如当面沟通快捷而有效，这样的防疫隔离确实也多少会影响工作，但愿本周能顺利解封。

空闲的日子里，倒是可以学一些东西，可以写一些东西，可以思考一些东西，可以整顿一下内部事务，可以坐一下"冷板凳"，喝上一杯热茶，看一些好书，享受一下难得的清静，否则这么多书静静地躺在那里，是多么地可惜呀。

岁月静好，岁月易逝，在这特殊的日子里，怀念的是不断逝去的岁月，珍惜的是岁月留下的一切，保存的是坚实的足迹，收获的是丰硕的成果，树立的是对未来的信心。

"仰望巨人，我们心潮澎湃；创新未来，我们同样信心坚定。"这是我自创的一个名句，或许对大家有些用，让我们努力破冰吧，努力化解冰雪吧，冬之后，必定是明媚的春天。

枫叶红了

已是深秋时节，莫干山景区秋意盎然，枫叶随处可见，随风飘荡。红透了的枫叶，在绿色的山林里格外醒目，分外妖娆，在阳光下闪闪发光。

枫叶红了，那是秋的呼唤，秋的时分，是最美好的季节。秋的季节，是最美丽的日子。

枫叶红了，红在深秋。在深秋的日子里，在温暖的阳光下，放眼望去，莫干山绿色葱葱，山峦起伏，宛如绿色长龙，而红色与金色的枫叶，正淹没在其中，时隐时现，而在近处的红色枫叶树，成为人们争相留影的宝地。

枫叶红了，那是对生命的礼赞。生命如同枫叶一样，在经历曲折的成长后，正释放出更大的活力，显示出勃勃生机。秋天的枫叶，在经历冬、春、夏后，更加成熟，更加美丽；生命，在经历人生的种种磨难后，更加坚强，更加成熟，如同这红色的枫叶，灿烂正当时，光彩更照人。任狂风暴雨，任浊流滚滚，挡不住战士的脚步，挡不住风采飞扬；任坎坷曲折，任大雪压顶，青松挺且直。

一颗执着的心不变，一颗勇敢的心永在，一颗不断追求的心常青，"踏遍青山人未老，风景这边独好"，这儿开辟的美景，永远无法能比。

枫叶红了，那是对爱情的赞美。爱情，是生命的基础，是人生的瑰宝。爱人，是生命中最重要的伴侣，是人生事业永恒的战友。在经历了四十年的爱情长跑后，彼此更加珍惜，更加珍爱，更加习惯，更加熟悉，更加在乎爱人的一切，这爱穿越时空，超越历史，经受时间的考验。这爱情至高无上，无论什么，都无法终止这真挚的爱情，这爱情爱到深处越浓，时间弥久越珍贵，历经风雨更珍惜。

枫叶，在天边彩云的衬托下，分外妖娆，有枫叶衬托的彩云，更加绚丽多彩。经过秋的洗礼，对美好的爱情有了更加深刻的领悟。爱情的故事，是心中梦想的期待，而"众里寻她千百度，蓦然回首，那人却在，灯火阑珊处"，真正的彩云，不在天边，而在心里；真正的爱情，不在梦里，就在眼前；真正的幸福，不在热烈的情感，而在平淡的日子里，在心灵的融合中，在相知相爱相伴中；真正的快乐，是在经历风雨之后见到彩虹，是大家彼此的真诚包容；真正的依恋，不在远处，就在自己的身边，朝夕相处的知心爱人。

枫叶，大自然赐予我们的杰作。爱人，是心灵真正的依靠，是时刻的眷恋，是梦中的归宿，那是情深的伉俪，那是亲密的伴侣，那是智慧的爱人，那是包容的战友，那是温馨的港湾，那是心往神追的幸福家庭，那是历经风雨后天边美丽的彩虹，那是一种无法割舍也无法替代的情感。

枫叶红了，果实熟了，爱情更甜美了，在新的时代，在新的长征路上，在枫叶红了的日子里，必将收获更多的爱情果实，迎来万紫千红的美好春天。

枫叶红了，那是对大自然的热爱。大自然总是美好的，珍惜自然，才能从自然中获得享受；尊重自然，才能得到自然的恩惠；热爱自然，才能体会生活的意义；贴近自然，才能理解生命的价值；融入自然，才能领会人与自然和谐相处的真正含义。

枫叶红了，那是对秋的道别。秋风无情，落叶纷纷而下，向我们做最后的道别，深情而难舍。道别在深秋，秋的一切美好将成为过去，成为永远的记忆，而冬将来临，那将又是另一番风景。

枫叶红了，是一种自然景观。自然界就是这样，春、夏、秋、冬，四季交替，循环往复，构成生生不息的生态循环圈。而每一个循环，都是独特的、无法替代的景色。

枫叶红了，表示生命的经历过程。生命就是这样，不同的经历，不同的光彩，不同的阶段，不同的辉煌。

枫叶红了，象征生命怒放。生命，不仅在青春闪光，更会在历经磨难后的成熟期，怒放生命！

在红色枫叶撒落的日子里，努力走进新时代，营造出：风清气正的时代，风新气顺的时代，风清气和的时代，风馨气暖的时代，风烈气猛的时代！

翁基的云海

到了西双版纳，景迈山的翁基云雾便是不可错过的美妙享受。

从住的宾馆到看山顶云雾的地方很近，开车不到 20 分钟就到了山顶，云雾就在眼前。

眼前的云雾一下子将我们迷住，只见一片白茫茫的云海，云雾如同一条流动着的白色长龙，在我们面前畅游。

这是非常美妙的景色。在云雾的衬托下，山峰突傲，如同仙境，如梦幻般的美景让我们如痴如醉。

通常，我们要在高山之巅才能看到云海的景色，如峨眉山、黄山等。

而在海拔不高的景迈山，上午九点就能看到丝毫不亚于那些高山之巅的翁基云海了。

云雾覆盖着整个景迈山，雾因水汽而聚，也因水汽蒸发而散。当我们下山时，山上山下的雾都已在逐渐散去，到中午时分，雾已散尽，云海业已无影无踪。

观云海，就是把握机会。一旦失去了稍纵即逝的机会，没有了云海存在的条件，云海也就不存在了。

　　云海，就这样在每一天这个时分等着我们，日复一日，年复一年，永不失约。

烟花三月下扬州

扬州，是一个具有悠久历史的古城，也是一个充满活力的现代城市，而从古至今贯穿这个城市历史的一个最贴切的字，就是美。

扬州的美，美在美丽的瘦西湖，风景如画，湖水清澈见底，两岸杨柳依依，小桥流水，亭园楼阁，湖中船只忙，岸上行人多，一派江南的典型风景。因杜牧的"青山隐隐水迢迢，秋尽江南草未凋。二十四桥明月夜，玉人何处教吹箫"的诗篇，使瘦西湖二十四桥名声在一千多年的历史长河中光芒永耀。扬州，瘦西湖，二十四桥，多少柔情在里头，让人们跟着杜牧的记忆，追寻扬州曾经的风情，扬州曾经的美丽，扬州曾经的辉煌。风情万种的扬州，曾经是多少帝王将相、才子佳人的梦幻之地，这里曾经留下多少名人的足迹，留下多少千古流传的不朽诗篇与名家书画，又演绎多少惊世骇俗的爱情故事。

扬州的美，美在人间最美的季节——四月天（即阴历三月），李白的"故人西辞黄鹤楼，烟花三月下扬州。孤帆远影碧空尽，唯见长江天流"的美好诗篇，成为人们在四月（阴历三月）里争相来扬州的一个美好理由，一千多年来，这首诗一直成为美丽扬州最好的名片。四月的扬州，春风荡漾，杨柳依依，满城春色，气象万千，游人如织，到处是清澈的绿水，满目是万紫千红的花朵，扬州处处透出无法阻挡的美。而扬州的淮扬菜肴，让人神往，扬州小吃，更是难舍。

扬州的美，美在独特的地理位置。扬州，是长江三角洲中心区二十七城之一，是世界遗产城市、世界美食之都、世界运河之都、东亚文化之都、首批国家历史文化名城和具有传统特色的风景旅游城市。扬州位于江苏省中部、长江与京杭大运河交汇处，由于特殊的地理位置，使得扬州在中国古代几乎经历了通史式的繁荣，一直伴随着文化的兴盛。扬州有着"中国运河第一城"的美誉，被誉为"扬一益二"，可见扬州的历史地位是多么重要，而这一历史地位很大程度是由其当时独特的地理位置决定的。

扬州的美，美在美好的记忆中。记得在 2006 年 4 月 7—8 日，我曾陪同尊敬的老领导来扬州，受到亲切接待，短暂的时间几乎走遍了扬州的主要地方，美好的回忆总在心头萦绕，使我倍加怀念与珍惜那个美好时光，如今更加美丽的扬州也是与当时奠定的大格局分不开的。以后我又多次来扬州，每一次来都加深着我与这座美丽城市的感情，拉近着我们的距离。我撰写的《江南的雨》的专著与朗诵碟片中，有关于扬州的美好诗篇，是这本书与碟片的重要组成部分，这些都是永远无法抹去的美好回忆。

再来扬州，重温美好记忆。与城市的缘分不期而遇，再好的朋友也要常见面，否则会疏远。再美好的记忆，也要重温才能加深。已经多年没有来扬州了，扬州日新月异的变化，让我们感到非常惊讶，久别重逢，感慨良多，扬州变得越来越美丽了。

再来扬州，寻找新的机会。新的时代，新的使命。扬州在快速发展中，给我们带来很多新的机会，我们要抓住机会，为扬州发展出力，为自身发展插上新的腾飞翅膀。

再来扬州，寻求合作。合作，实现共赢；合作，是世界的主旋律；合作，开辟新的领域；合作，开辟新的未来。今年八项同时并举的战略中，合作是主旋律，合作将推动我们在高位持续增长，助推我们实现美好的梦想，这已被今年前四个月发展的实践所证明。

再来扬州，虽已无再看风景的心思，也无观赏美景的时间，有的只是与这座城市一并跳动的快节奏，有的只是匆匆来去的脚步，但这一切都无妨对这座城市的美好记忆，都无法改变对这座城市的深厚情感。

自己亦是风景

马克思说:"生活就像海洋,只有意志坚强的人,才能到达彼岸。"我们每天都面临日常而琐碎的事务,面临平淡而重复的生活,一天又一天,一年又一年,直到生命的终结。如果没有乐观的心态,如果没有积极的态度,如果没有坚强的信念,随波逐流,很可能一生一事无成。

其实,如果用一颗积极而平常的心看待每一天,就会发现每一天都有机会,眼前亦是风景,自己亦是风景。一切都是新的。

每一天都是新的开始。每一天都有新的目标,每一天都有新的安排,每一天都有新的挑战,每一天都充满快乐与美好。

每一天都是新的旅程。新的旅程是新的经历,新的旅程有新的朋友,新的旅程有新的风景,新的旅程有新的机会,新的旅程有新的体验,新的旅程有新的快乐。

每一天都面临新的机会。一次新的谈话,一次新的会见,一次新的聚会,一次新的参观,一次新的学习,都可能改变你原有的想法,都会给你带来新的思想。这些新的思想会改变你的行动、改变

你的格局，从而带来新的机会，

每一天都有新的进步。坚持努力，日积月累，进步在每一天，收获在每一天，发现在每一天，调整在每一天，坚持在每一天，快乐在每一天。

每一天都是新的风景。无论是快乐还是悲伤，无论是成功还是失败，每一天都是独有的，每一天都是无法复制的，每一天都是宝贵的。它是生命的组成，它是进步的阶梯，它是变化的机会，它是生活的浪花，它是智慧的海洋，它是不可多得的财富。

不必过分仰慕天上的巨星，因为太遥远，可望而不可即；也不必对财富有过多的向往，财富的累积要有机会，而且需求有限；保持健康、平安、乐观、慈爱、进取的心态是最重要的，心态平和，一切顺其自然。

做好自己，自己亦是风景；过好每一天，每一天都是新的美丽。

做命运的主人

每一个人，存在不同的命运。但命运之神，说到底，不是天生注定的，而是掌握在自己的手里。幸运之门，为谁而开，说到底，还是取决于自己。

不向命运低头，做命运的主人。好运，不会轻易来到你的身边，只有努力，好运才能到来。好运来，只是美好的祝愿，幸福，是奋斗出来的，幸福，从来不会从天上掉下来。

不要向命运低头，要做命运的主人。虽然天生存在命运的差别，但归根结底，一个人的前途与命运要靠自己的不懈奋斗。脚踏实地地努力，把握命运的一个个转折，最终命运就会起变化。

改变自己的命运，在奋斗中创造新的精彩人生。江山，是靠打出来的；美好的生活，是靠劳动创造的。在不懈的奋斗中，创造出精彩的人生，让自己的人生放射出夺目的光辉，放射出异样的精彩，放射出与众不同的光芒。

精彩人生，是一段戏，大幕拉开，好戏在后；精彩人生，是一曲歌，歌声悠扬，响彻天外；精彩人生，是一场舞，舞姿翩翩，天上人间；精彩人生，是一个梦，梦里百转千回，终变真。

改变自己的命运，必须独辟蹊径，走出自己特色的路。自己的路，要自己走。自己的命运，要自己决定。要坚定不移，勇敢无畏，走出一天自己特色的路。这条路，别人不会有；这个命运，最为精彩。

精彩人生，不能跟在别人后面走，要与巨人同行，要随巨人同行，但要敢于创新未来，在一些领域要有所突破，让自己的人生更加独特，更加精彩。

金子，总有闪光的时刻

很多时候，金子往往会被沙砾掩埋，无法闪亮。但只要是金子，就一定能闪光，被沙砾掩埋的金子总有一天要被人发现，被人挖掘。金子，总有一天要光耀人间。

风，总是会吹过来，这股风谁也挡不住，谁也停不了。掩埋金子的沙子，总会被大风吹走，吹得干干净净，使金子从沙堆里露出来。

价值，总是透过各种渠道，向外界发出强烈的信号；价值，总是通过各种数据向人们还原事物的本来面貌；价值，总是通过自己的表现顽强地证明自己的作用。

发力，总是要积累，只有到一定的时候、一定的阶段才能发力。量变到质变都是一个过程，爆发是量变的结果，是质变的表现。

挖掘市场的价值，就是寻找被掩埋的金子，使金子露出真容，还原事物的本来面貌。这就是我们的任务。

炒作，当然能在一时内奏效，但无法长久，因为炒作的手法过于老套，明眼人一看就知，跟风以后，马上就会放弃。而且炒作起来，劳民伤财，伤筋动骨，恐也难以持久。

跟风，只能一阵而不能长远。市场的能力与信誉只能在长期的实践中建立，在无数次摔打中成长，在一次次较量中强大。没有坚定的战略，没有坚实的内功，没有实事求是的态度，没有脚踏实地的作风，再大的支持，再多的资金，再强的资源配置，毕其功于一役，到头来可能也会竹篮打水一场空。

市场，总有其自身的规律，不能任人去操作，如果都任性操作，那么市场的正常秩序就无法建立。

脚踏实地做事，不惧风浪前进，无论沉浮，都始终如一不忘初心，按照既定的方向前进。这就是我们的态度。

［第二辑］

撒落的珍珠

水到渠成

水到渠成，这是人们的期盼，也是客观的规律。

水到渠成，就是自然而成。任何事物发展都有一个过程，各方面的条件也都有一个成熟的过程，这个过程反映了客观的过程，既是事物发展的规律，也是人们的认识过程。

水到渠成，瓜熟蒂落，是自然的过程，是完美的结果，是客观的必然，是成熟的标志。

水到渠成，众望所归。渠成，是基础，是条件；水到，是目的，是结果。渠成，是水到的必要条件，没有渠，水就无法有效引入。

渠，能引水，必须修在先；水到，是必然的结果，是修渠的目的，水到渠成是众望的结果。

不修渠，无法引得清水入渠来；修了渠，清水未必就能入渠，引入清水要看条件，不是修好了渠道，清水就一定可以引入。清水入渠，取决于一系列复杂的主客观条件。

水，要入渠，入渠的水才能形成水流，才能发挥作用，才能浇灌与滋润万物。水，不仅入渠，而且在入渠后也不断改变着渠道，拓宽着渠道，发展着渠道。

要从战略上谋划，使修渠与引水工作匹配，相互协调，实现水到渠成。修渠，是战略性的、基础性的、超前性的，只有有渠才能引水，也只有筑巢才能引凤。

战略谋划在先，下大决心修好渠，修大渠，修四通八达的渠，修密布的渠，引得清水入渠来，引得沙漠变绿洲，引得鲜花开满园。

水到渠成，不必太急，不能太急，要循序渐进，深耕细作，努力耕耘，耐心守候，守候明媚的春天，收获秋天丰硕的果实。

脱离火山口

火山口，就是火山喷发的口，是烈焰温度最高、爆发力最强、最危险之处。火山口，也指矛盾与冲突的焦点处、关键处，最容易被伤害之处。

激烈的竞争，常使人处在火山口。市场竞争中，竞争的一方与众多的对手发生冲突是难免的，因此时常处在人们注目的焦点、舆论关注的焦点，处在矛盾一触即发的矛盾之中，如果处理不好，就会受到伤害。

发展的冲突，会使人处在火山口。发展，转型，就是要不断进入新的领域，而进入新的领域就会与原有的市场的进入者发生冲突与矛盾，这是不可避免的。

战略的失策，会使人处在火山口。在发展中，我们不能不顾市场与环境的实际情况，一味地单打独斗往前冲，而必须在坚持正确战略指引下，审时度势，仔细判断形势，采取正确而又灵活的政策。要放下身段，该联合就联合，该合作就合作，该让利就让利，该调整就调整，该退让就退让，改变在市场上过分孤立的情况，最大限度地打击主要对手，实现自己的战略目标。

人们在行走中，由于前方有路障而无法跨越时，需要低一下头，拐一个弯，才能顺利通过路障，才能不被撞到，才能更快行走，才能更好地实现自己的战略目标。这个时候调整成为胜利的必要保证了，不调整就会处处受伤，影响与贻误发展机会。

处世的高调，常使人处在火山口。有时候，高调是必要的，因为高调可以鼓舞人心，高调可以激励斗志，高调可以使人振奋，但过分高调，成为众矢之的，就会处在矛盾的火山口，特别是在一些敏感时期，低调就显得特别必要。一般来说，宣贯战略可以高调些，因为只有这样高调宣传，才能让战略深入人心；而在具体落实时，要低调做事，这样才能出其不意、趁其不备，才能最终制胜。

言行的不慎，会使人处在火山口。言行不慎，口出狂言，容易成为众矢之的。而采取低调务实的作风，更容易得到各方的支持，对发展更加有益。

脱离火山口，进入安全区，这是生存的必需；脱离火山口，进入安全区，这是发展的必需；脱离火山口，进入安全区，这是未来的保证。

远离火山口，用多元化的战略分散风险，用中小化的战略奠定胜局，用每战必胜的信念打好重大战役，用持续不断的胜利鼓舞团队斗志。

撒落的珍珠

珍珠，是珍藏的瑰宝，富贵的象征。

一颗颗珍珠，只有穿在一起，成为珍珠链，才有价值，才能放射夺目光辉。而撒落的珍珠，没有形成珍珠链，失去了价值，其光辉也必将被湮灭。

小，不是弱的理由；大，也不是强的必然。关键是要小而强，大而强，如果小能强，就一定能战胜大而不强。

最近，抗战的经典影视作品，成为我们大家的最爱。经过两万五千里长征，红一方面军到达陕北时，只剩了 8000 人，后来三军会师也只有 4 万多人。抗战开始时，八路军也不过 5.5 万人，与 300 多万武装到牙齿、训练有素的日本兵比，与几百万国军比，实在算不了什么，而且又在穷陕北，党内也面临很多不同意见。但在毛泽东的英明领导下，运筹帷幄，决胜千里，这支英勇的部队，逐步成为抗日主力，打败日本兵，最终又迅速拿下蒋介石几百万大军，成功建立了伟大的新中国，党和他领导的军队，像璀璨夺目的珍珠，在全世界闪闪发光。

在延安，在宝塔，珍珠闪光，主要是因为英明领袖与团结无比的团队。

这支队伍人数少，但一心为祖国、为民族、为大众，目标一致，团结无比，无私无畏，信念坚定，云集精华，英勇无敌，以一当十，以一当百，创造天下奇迹。

是珍珠，就会闪光，但要组织起来，团结起来，形成无法阻挡的合力。没有穿起来，珍珠就会撒落，就会被永远埋没。

任何团队也是一样，可以有不同的想法，但目标要一致，思想要统一，不能自行其是，要服从大局，一心为大家，在珍珠链中守住自己神圣的责任，保护好珍珠链，不能分开，分开后，就像撒落的珍珠，没有力量，没有战斗力，没有价值，没有声音。

不能保证所有的珍珠，永远闪光；有些曾经的珍珠，已经失去光芒，必被淘汰；只有融入团队的珍珠，永远美丽。美丽的珍珠链，一定永远璀璨夺目。光荣的历史不会改变，优秀的传统永在，灵魂在，团队就在，光彩的未来就在眼前，团队的力量永远无敌。

让我们珍爱这珍贵的珍珠吧，珍爱这价值连城的珍珠链吧！

珍珠，在银河系中永远闪光！珍珠，在人间永放光芒！

开卷有益，动笔有获

俗话说得好，"开卷有益"，这说明了读书的益处，而"动笔有获"说明了动笔的好处。

动笔的过程，是思路逐渐清晰的过程。有了题目，有了思路，这还不够，必须动笔。文章的思路，在写作的过程中，逐渐清晰。

动笔的过程，是学习深化的过程。一开始，对写作对象不会都很熟，因此在写作过程中需要查阅很多资料，需要观察、走访与了解写作对象。这本身就是一个学习的过程，也是一个对写作对象深入了解的过程，这个过程不可能只在脑子里完成，而只能在写作过程中逐步完成。俗话说得好，"好记性不如烂笔头"，精彩的语句只能出现在反复的修改与提炼中，优美的文章只会在写作中逐步形成。思考的深入，必须借助于持续的写作过程。

动笔的过程，是实现目标的过程。我们一般都有目标，也制订了各种创作计划，但如果迟迟不肯动笔，这些美好的梦想或独具创新的想法，都只会停留在我们的脑海里，成为永远无法实现的梦想，而且时间一长，当时的这些想法会变得逐渐模糊，最后全部遗忘，而我们也会越来越缺乏再动笔的勇气。

动笔的过程，是收获的过程。边动笔，边学习；边学习，边写作。知识面在写作过程中不断扩大，而在不断写作实践中，写作也会变得更加得心应手，更加熟练，更加快捷，文章必定更加优美。

落笔如神，一挥而就的文章也是有的，这些文章大都是思考酝酿已久、胸有成竹时写下的。然后更多精彩的语句、更多优美的文章则需要反复思考，反复修改、反复提炼，才能做到字字珠玑、精句迭出、文笔优美而成为典范。鲁迅先生说："文章不是写出来的，而是改出来的。"说明了反复修改的极其重要性，而动笔开始写作，则是一篇好文章的开头，没有开头也就没有结果。

写作总是艰苦的。好的文章不会一挥而就，写作，需要静下心来，需要耐得住寂寞，需要远离喧闹，独居一处，需要用心思考，需要查阅资料，需要反复斟酌，有时也需要身临其境，是一个艰苦的思想过程，要付出很大的努力。

写作也是快乐的。笔底世界波澜壮阔，生动丰富，别一番情趣。特别是当看到一篇篇文章发表、一本本书籍出版而受到大家欢迎时，写作的疲惫与艰苦，顿时被快乐的心情一扫而光，从而更增添了坚持写作的愿望。

鲁迅先生说："哪里有天才，我是把别人喝咖啡的工夫都用在工作上罢了。"写作需要时间，而这时间不会是整段的，只能是在生活与工作的零碎时间，在我们出差与旅行的空隙中，在我们生命的每一个可能的时分。我们在这些零碎时间里，辛苦耕耘着，不断实现着我们的梦想，不断收获着写作的成果，不断感受着生活的快乐。

道不同，不相为谋

古人云"道不同，不相为谋"，这是一条千真万确的真理。在与友人的交谈与自身的亲历中，深有体会。一旦与志向不同、性格不同甚至是与骗子合作，你等于迈进了无底深渊，踏上了一条万劫不复的道路。

这是一个坑。这个坑起初并不大，后来越来越深，让你无法自拔；这个坑越来越大，让你无法脱身，最终会埋没你。

这是一个泥潭。深陷泥潭而不能自拔，这是万分痛苦的事，有力而无法使，越陷越深，听任这艘船下沉，真是让人后悔不迭，后悔当初。

这是一个局。这个局一开始就是骗局，轻信别人的话，听信骗子的话，就容易上当，就容易走上不归路。设好的局会把你越卡越紧。

这是一条万劫不复的路。一旦踏上这条路，无法转弯，无法回头，无法脱身，无法回到过去，无法回到从前。

本来是有机会脱身的，但关键时刻缺乏果断，缺乏敏锐，缺乏智慧，最终失去摆脱困境的机会。

一切挫折，并不都是坏事，而会使我们更加聪明起来。毛主席说："错误和挫折教训了我们，使我们变得比较聪明起来了，我们的事情也就办得好起来了。任何政党、任何个人，错误总是难免的。"任何挫折都是财富，我们在挫折中变得聪明起来，变得更有经验，变得更加智慧，变得更加坚强起来。

一切困境，都将磨炼你的意志。困境，使你的意志更加坚强；困境，将考验你的勇气，使你的斗志更加旺盛；困境，将锻炼你应变的能力，使你的能力在摆脱困境中得到锻炼与提升。

一切困境，都是成长过程中难以避免的。成长的道路，不会一帆风顺，有明媚的阳光，也有狂风暴雨；有平坦的大道，也有荆棘塞途；有灿烂的鲜花，也有毒罂粟花；有真诚的掌声，也有充满敌意的诽谤。这些都是不以人的意志为转移的，这就是我们的环境，这就是我们所处的真实世界，对此，我们必须学会适应与面对，这样我们才能从容面对。

远离那些道不同者，与志同道合者一起，与亲密的战友们一起，与一切真诚合作者一起，结成强大的战略联盟，共同开创美好的未来。

最大的伯乐是谁?

唐朝韩愈说:"世有伯乐,然后有千里马。千里马常有,而伯乐不常有。"在昆明前往杭州的川航的飞机上,看了《四川航空》2016年12月号刊登的蒋柳的文章《这个世界有怀才不遇吗》,文章专门介绍了唐伯虎与王阳明的人生轨迹,并从他们的人生轨迹中说明,最好的伯乐其实就是自己。这样,我对伯乐与千里马的关系,有了一些新的认识。

唐伯虎,名唐寅,1470年3月6日生,1524年1月7日逝世,是明代著名的画家、诗人与书法家。他16岁秀才考试第一名,29岁参加应天府(南京)乡试,中解元(第一名),第二年进京参加考试,涉"科考舞弊案",经一年多审讯,释放出狱。唐寅作为明代江南第一风流才子,才华杰出,命运不幸,一生不得志,两任妻子先后离他而去,生活困难,以卖字画为生计,但这些都不能阻挡他杰出才能的释放,他的画极其珍贵,大都为海外收藏。2013年9月19日,纽约苏富比拍卖行拍出唐寅的《庐山观瀑图》,以3亿美元开价,最终成交价为36亿元人民币,创下历史纪录。

纵观唐伯虎的一生，可谓坎坷，命运多舛，后最终被人承认，成为一代名人，永垂史册，最主要是他与命运的不断较量，决不低头，刻苦奋斗，不断挖掘自己的潜能，不断释放自己的才能，成为光耀历史天空的巨星。

他没有遇到伯乐，他的伯乐就是他自己，就是千百万普通大众，就是人民。他用一生的努力，造就自己，得到了社会的承认，得到了人民的承认，得到了历史的承认，充分证明自己的人生价值，是金子，总是要闪光的。

最大的伯乐是自己。自己的情况自己最清楚，对自己的发展方向最清楚，对自己的处境最清楚，对自己的爱好、兴趣与长处最清楚，最知道自己往哪方面发展。自己不能发现自己，别人就更难了。

最大的伯乐是自己。自己必须成为千里马，才能被伯乐相中，自己必须挖掘自己的潜能，充分展现这些才华，一旦这些才华展示出来，成为一匹飞跃的千里马，如同喷薄欲出的一轮红日，迅速升空而无法阻挡，伯乐自然就有。

最大的伯乐是自己。领导给机会，社会给机会，发展给机会，改革给机会，合作给机会，但首先你得准备好抓住这些机会，如果没有充分准备，机会就会擦肩而过，再多的机会也没有用，任何人都替代不了你自己。

最大的伯乐是自己。伟大祖国发展得欣欣向荣，进入众创时代，国家鼓励创新，科技人才脱颖而出。文艺发展也环境宽松，丰富的生活，为我们提供了取之不尽的创作源泉。而多样的资本市场，也为科技与文艺的发展与繁荣，提供了充足的资金支持。

最大的伯乐是人民，是社会。只有人民才是推动历史发展的真正动力，在现在的互联网时代，公众的力量对社会影响就更大了，人民懂得选择，懂得自己的喜爱，懂得艺术的价值，懂得哪些是真正的人才。

最大的伯乐是领导，是因为领导手中有权力，有资源，发现与选拔人才，决定干部的任用。领导要珍惜手中的权力，要不拘一格选拔那些德才兼备的干部。

愿我们营造伯乐常有、千里马奔腾的局面。

脱颖而出

脱颖而出这个成语，与毛遂自荐是紧连在一起的。脱颖而出这个成语出自《史记·平原君虞卿列传》："使遂早得处囊中，乃颖脱而出，非特其末见而已。"战国时，秦国攻打赵国，赵国平原君奉命到楚国求助，毛遂自荐请求跟着去参加战争，最终说服平原君，毛遂在战争中作用非常重要，大获成功，最终脱颖而出。这段历史很值得我们借鉴，引起我们的重视。无论历史过去多久，人才始终是一切成功的关键，这点永远没有变。如何营造人才脱颖而出的环境，是我们事业能否成功的关键。

脱颖而出，首先自己要有准备。脱颖而出，就是要破土成长，突围而发，超越自己，超越别人。如果自己没有基础，又没有很好地充分准备，是不可能在激烈的竞争中胜出的。"机会总是垂青于有准备的人。"没有准备，机会就永远不会到来。是否有胆量，也是关键，并不是都准备好了，再去争取，更多的是边准备边争取，在战争中学习，在竞争中提高，在实践中深化。

脱颖而出，要有好的机制。这个机制就是竞争机制常态化，要有一套人才能脱颖而出的公众选拔机制，这种选拔机制真正公开、公平、公正，不受幕后操作。同时，要有很浓的民主氛围，领导能听取来自各方面的意见，真正能把下情充分上达。

脱颖而出，要有好的机会。准备好了，就要有机会展示，没有机会也无法成功。常看央视的《星光大道》，感到这个节目很好，为中国普通民众，特别是为那些草根文艺爱好者，提供了一个非常好的舞台，使他们有可能一夜成名。《星光大道》入门的门槛也不高，但竞争十分激烈，在这个舞台上人们可以尽情展示自己的才华，很多人都有机会在这个舞台上脱颖而出，实现自己的梦想。因此，《星光大道》成为造星的大道。中央台与地方各台，还有很多类似的节目，都为人才的脱颖而出提供了很好的机会。

脱颖而出，往往在重大时刻，在危难关头。毛遂自荐，在战争的危难关头，建功立业，脱颖而出。危难关头，重大时刻，关键人才的作用是特别重要的，此时，主管大局的领导对关键人才渴望的心情是非常迫切的。关键人才往往会力挽狂澜，扳回危局，奠定胜局，从而脱颖而出。用人不当，胜局也会成败局；用人当，败局也能成胜局。

脱颖而出，要有伯乐相助。千里马常有，而伯乐不常有。初生的千里马，要有伯乐发现；成长的千里马，要有伯乐相中；奔腾的千里马，要有伯乐相助。很多时候，千里马的成长，要有伯乐慧眼发现、果断用人、鼎力支持、全力提供机会。这样，千里马才会插上腾飞的翅膀。

古往今来，在正确的战略后，人才便是决定胜负的关键了。在实践中发现人才，采取果断措施，让人才脱颖而出，成为领导者最为重要的责任。要慧眼识人才，不拘一格降人才，大胆使用新的人才，形成人才辈出的新格局，迎来事业发展的又一个高峰。

纸上得来终觉浅

不要总是犹豫，不要总是追求完美，不要总是停在嘴上而迟迟不能行动，要马上行动。

事，都是干出来的，从古至今，概莫能外。

只有做起来，才知道行不行；只有做起来，才知道如何做才更好。

经典的诗句，一定是生活的积累、情感的聚集，思想奔放的产物，一定要经历，经历就是财富，经历就是行动。没有经历，就什么也没有，一场空。

传世的佳篇，一定是反复修改、千锤百炼的精品，千锤就是实践，百炼就是行动。

美好的梦想，宏大的目标，只有靠艰苦的努力，不懈的行动，才能一步步变成现实，否则永远是空中楼阁，竹篮打水一场空。

积沙成塔，积跬步成千里，汇流成海，没有一点一滴的积累，一切都没有可能。

每天努力，每日奋斗，总不放弃，一切皆有可能。

鸿篇巨作，总是一字字写成的，历史杰作，无不是汗水与心血的结晶。《红楼梦》《三国演义》《西游记》等伟大作品，流传万世，背后都是作者数十年呕心沥血的艰辛付出。

一切光耀的后面，都是行动的结果，都是付出的回报。

做成事，固然不易，但做起来，总有成功的希望。难，是因为我们没有去做，不了解它；做起来，困难就会被逐步克服。

路，在实践中开辟；成功，在行动中实现。每一天的努力，终究会换来最后的成功。

"纸上得来终觉浅，绝知此事要躬行"，陆游千年前的忠告仍然在耳边回响，我们只有行动起来，只有亲身实践，才能真正探索到事物的本质，摸清规律，掌握主动，才能把梦想之船驶向理想的彼岸。

备胎的重要

车辆疾驶时，如果轮胎出了问题而没有备胎，车辆就会戛然而止，令人措手不及。而如果有备胎，在稍事休整后，换上轮胎可以继续前行。

华为，在受到一些大国的打压后，搬出并换上多年来准备的备胎，重新整装出发，没有受到太大影响，让这些大国的打击美梦落空。任正非成就了一段千年奇迹的佳话，他也因此成为大家心目中真正的英雄。

在经历了长时期的快速发展后，市场的调整是很正常的，放慢的增长速度有利于结构的优化与调整，而这种调整必定使经济发展更加健康，也更有利于自主可控技术的发展。

自主可控技术，就是最大的备胎。要想不受制于人，在关键领域必须发展自主可控技术，否则会很被动，尤其像我们这样一个大国，更是如此。

战略的调整与布局，同样是最大的备胎。没有适应于发展的超前战略，就没有发展的一切；而要使这些战略成功落地，没有战略的布局，同样无法成功，而一个成功的战略布局往往需要十年左右时间才能见效。

急功近利是不行的。战略上的调整需要一个较长的周期，如果没有坚定的战略定力，没有艰苦的付出，是不会奏效的。

鼠目寸光也是不行的。战略要看长远，要超前，要有"要搞就搞第一，要做就做一流"的崇高理想，不能只看眼前，要着眼未来。

看长远，布大局，惠后代，我们要向华为学习，在逆境中昂首挺立，在寒冷中绽放花儿，在混浊中保持清醒，在艰苦中依然前行，在前行中甩下一个个对手，到达光辉的彼岸。

思路，决定着出路

　　毫无疑问，战略决定着方向，战略决定着一切，战略制胜。但战略的制定是以思想为基础的，没有新的思想，没有好的思路，难以制定出好的战略，因而也不会有好的出路。

　　思路，决定着出路。这不仅表现在战略的制定层面，也表现在战略的执行上。思路，决定着事物发展的全过程；思路，贯穿着事物发展的全过程；思路，影响着事物发展的全过程。

　　战略的制定要有新的思路，要根据自己的情况，要体现创新，体现超越，体现优势，体现与众不同，体现特色。

　　在战略的执行过程中，需要不断调整原有的思路。因为客观环境瞬息万变，要求在执行过程中不断调整与改变思路，而这些调整正是为了战略更好地实现，否则无法到达胜利的彼岸。

　　一个主意的改变，一个决定的调整，一个新的方案，一个新的思路，都会补充、丰富、完善原有的战略，都会创造性地实现这些战略。

　　在战略的实施过程中，充满复杂性、偶然性，充满矛盾，新的思路能巧妙化解这些困难与矛盾，找到解决这些问题的办法，从而开辟实现这些战略的新途径。

经济下行，市场多变，要保持持续增长决非易事，如果没有提前部署新的正确战略，如果没有在战略执行过程中做出一系列新的调整，战略的执行就会大打折扣，企业的发展会遇到严重的困难。

新的思路，总是在市场与周围敏锐的观察与分析中产生的。市场，是企业赖以生存的基础，是企业发展的舞台。需求的快速变化，机会的稍纵即逝，使市场变得既丰富又变幻莫测。一个企业，如果不对快速变化的市场做出敏锐的分析，快速地调整，采取新的对策，而一味地坚守传统而不做任何改变，注定要失败。

新的思路，总是在深刻的哲学思考中形成的。哲学的思考，是最深刻、最理性、最科学、最全面的思考。通过科学的分析、哲学推理而产生的新思想，是辩证的、全面的，因而经得起历史与实践的考验，是指引发展的金钥匙。

新的思路，总是要在丰富的社会活动实践中获得，人们的社会实践活动是检验真理的唯一标准，也是正确思想的唯一来源。

毛主席说："人的正确思想从哪里来的？是从天上掉下来的吗？不是。是自己头脑里固有的吗？不是。人的正确思想，只能从社会实践中来，只能从社会的生产斗争、阶级斗争和科学实验这三项实践中来。"毛主席的话，为我们新思想的产生指明了正确的方向。一个人关在家里苦思冥想，看不到外面精彩、丰富、多元、快速变化的世界，不与社会广泛接触，不与合作伙伴、各类人打交道，不听取部下、同事、同行的意见，无法形成新的思路。充分地交谈，充分地交流，广泛地接触，是新思想产生的重要源泉。有时候，一看，一谈，一接触，就决定着思路的改变，改变着命运。

新的思路，总是在开放的环境中产生的。开放、合作、创新，是发展的三面旗帜，没有开放的环境，外面新的东西进不来。而走出去，又是一番新天地，是另外一种角度看世界。

合作，是开放的结果，日益开放的世界，必定推动更广领域的合作，而在合作中的碰撞与融合，必定产生更多的新思想。

创新，是开放、合作的必然结果。新的思想在开放、合作中产生，新的火花在开放、合作中碰撞，新的创新在开放、合作中形成。

新的思路，总是在外部高压的环境下催生的。外部的压力，就是前行的动力，推动着思路的转变，推动着转型的加快，推动着新路线图的出现。新思路总在危机时突现，急中生智，就是这个道理。

新的思路，有时会在不经意间突然萌发。有时候，一个突然的机会，给思维紧绷的你以特别的灵感、特别的启示，这时往往会形成新的思路。

"有心栽花花不开，无心插柳柳成荫"，就是这个道理。突然的启发，打开了你紧闭的思维大门，而突然敞开的思维大门，像决堤的洪水，奔腾不息，一个改变现状的新思想由此产生，一条新的道路由此开辟，一个新的更大格局由此产生。

尘埃落定

尘埃终于落定，梦想可以实现，愿望终于变真，格局已经形成。

整理一下服装吧，抖擞一下精神吧，赶快参与这一改变历史的进程，见证这一精彩无比的一幕，我们要享受这欢乐的美好时光。

矛盾，总是这样新奇，一切来之不易，一切又皆有可能；机会不会太多，机会又总在我们身旁。

机会，在我们的不经意间；机会，在我们智慧的头脑中；机会，在我们的精心策划中；机会，在我们敏锐的分析中；机会，在各方的需求中。

没有不可能，一切皆有可能，只要努力再努力，就会变不可能为可能。

可能，存在于顽强努力之中，存在于不懈争取之中，存在于永不放弃之中。

共赢，是发展的境界；共赢，是发展的和谐乐章；共赢，是发展的可持续模式。

市场，可以创造。创新，要从实际出发，从需要出发，从结合点出发，从高起点出发。

快乐，就是让别人幸福；幸福，就是让别人快乐；喜悦，发自心窝；歌声，从心里飞出。

与城市共生，幸福永远满满；与客户同乐，共赢才能长久；与大家共享，分享就是快乐；与朋友共舞，舞动真情相悦；欢乐，永远伴随身边。

顺潮流而去，舞大潮而动，乘大势而为，伴大势成事。

序幕不是高潮，精彩总在最后，慧者一时，诚者长远。

得失之间

我们每天都有确定的目标，有时候这些目标往往是相互矛盾的，要统筹安排工作、会议、谈话、外出、写作、生活、锻炼、社交、休闲等，并不容易，往往会顾此失彼，不能全部周全，因此只能在得失之间平衡。

往往做了这件事，就可能意味着放弃那件事，兼顾虽然也是有可能的，但时间毕竟是有限的，同时人也不能分身，只能挑选出相对重要的，而放弃那些相对不重要的。如何选择重要事项，如何分配时间，往往成为我们每日所面临的一个挑战。

有所得，必有失，任何事都在得失之间平衡。得到的，应该是我们最重要的；失去的，应该是不太重要的。我们必须做出选择，尽管有时候难以取舍，选择充满艰难，但也必须选择。

我们必须集中精力推进我们主要目标的实现，而放弃那些次要的事项，因为我们的精力与资源都有限，不可能同时实现太多的工作目标。

抓大放小，这是我们基本的工作方法。大，就是我们的工作重点，是纲，没有重点就没有政策，没有重点就无法有效地推动工作；小，就是比较起来，相对不重要的事项。纲举目张，抓住重点才能推动全局；抓住重点，才能推动面上的工作。

大小之间也不是固定的，也时常在转换。有的时候，小的问题没有解决或解决得不好，往往会影响大问题的解决，这个时候必须先解决小问题，才有可能解决大问题。比如，长期疲于工作，无论精力还是身体上都难以持久，过度疲劳效果也不会好，这时休息、休整、休闲、锻炼，就成为大事情了；有的时候，长时间专注于某一件大事情，并不一定有效。而如果暂时把这件事放放，转到另外的更轻松一点的事项，换一下环境，变一下思路，换一个话题，换一个方式，反过来可能产生新的思路，从而有力地推进大事的进行。

"功夫在诗外"，一切大事、一切重要成果，是无数小事、无数小成果累积的必然结果，没有这些积累，就没有这些大事的成功。

"积小为大，聚沙成塔"，说明了日常努力的重要性，而在得失之间的选择，往往也不是很绝对的，只有相对的意义。这是因为很多看似平凡、平常的事，却有着重要的意义，这些事为日后的持续突破打下了坚实的基础。

恋旧与趋新

人们总是习惯于恋旧，习惯于沉浸在过去的辉煌中。而对于创新，则往往显得动力不足。

恋旧是一种惯性，是必需的。因为旧的东西，曾经给我们带来美好。以《中国诗词大会》为例，唐宋的诗词创造了人们至今难以逾越的高峰，因此人们把唐宋诗词作为追逐的楷模，在比赛中你追我赶，比记忆，比掌握的熟练程度，最后决出分晓。在比赛中，我们享受着这些诗词的辉煌，享受着这些诗词在历经千年岁月后，仍然保持的巨大魅力，因此，恋旧是必需的。

趋新是一种趋势，是不可阻挡的潮流。人们当然需要恋旧，但更多的是需要趋新。因为过去的诗词虽然能给我们带来快乐，但却无法回答我们现实中的问题。任何诗词都是时代的产物，都是诗人在特定意境下的创作成果，离开了这些历史，离开了特定的意境，只知道生吞活剥地背诵，便没有了意义。新的时代，有新的内容，需要新的声音，我们应当有所作为，为新时代的人们提供新的文学艺术。

正如唐代山水诗人孟浩然在《与诸子登岘山》中所写的那样："人事有代谢，往来成古今。"世间万物都有一个新陈代谢，推陈才能出新。唐代刘禹锡的《酬乐天扬州初逢席上见赠》中有"沉舟侧畔千帆过，病树前头万木春"的名句，借用自然景物的变化暗示社会的发展，说的是一个道理。初唐四杰之一王勃的《滕王阁序》中有"落霞与孤鹜齐飞，秋水共长天一色"的名句，历来认为源自庾信《三月三日华林园马射赋》中"落花与芝盖齐飞，杨柳共春旗一色"。王勃借鉴前人的诗句，却点石成金而出神入化，成为他的一种创造。

恋旧与趋新，是一对不可分割的概念，反映了继承与创新的两个方面。我们要充分珍惜过去一切有价值的东西，又要大胆发展我们新时代发展所需的一切，这样才能满足发展中的需要，才能丰富我们的新生活，使历史不致在我们手中中断，使发展更加多姿多彩。

我们在恋旧中继承，在趋新中创新，用我们新的思想、更加现代的艺术，赞美我们如今美好的生活，这生活是古人无法想象的，这生活是世上最美好的。

绝知此事要躬行

毛主席在《实践论》中说："你要有知识，你就得参加变革现实的实践。你要知道梨子的滋味，你就得变革梨子，亲口吃一吃。你要知道原子的组成同性质，你就得实行物理学和化学的实验，变革原子的情况。你要知道革命的理论和方法，你就得参加革命。一切真知都是从直接经验发源的。"

毛主席又接着说："但人不能事事直接经验，事实上多数的知识都是间接经验的东西，这就是一切古代和外域的知识。"

毛主席的《实践论》，发表于 1937 年 7 月，当时中国处于抗日战争最关键的阶段，是中国革命最困难的时期之一。虽然《实践论》发表的时间已过去了 80 多年，但至今仍然闪耀光芒，是指引我们前进的光辉灯塔。我们必须深刻领会毛主席讲话的精神，努力实践、勤奋实践，才能获得真知。

比如，要想在市场竞争中占有一席之地，必须踊跃参加市场竞争的实践。我们所处的时代是市场经济的时代，竞争是推动市场进步的主要手段。要想获得市场竞争的经验，要想提高市场经济的竞争能力，必须亲自参加市场竞争的实践，否则一切都是空的。只有在市场竞争的严酷环境中，千锤百炼，才能成为市场竞争的强者。而离开了这些丰富的市场实践，空谈书本上的理论，误人误己，最终会害了大家。"纸上得来终觉浅，绝知此事要躬行"，只有在丰富的实践中深刻体会，才能获得真知，才能得到真经。

比如，要想写出高质量的游记，那你就得下决心去看看《外面的世界》，就得不怕《一路风尘》，就得常常《行走在远方》，就得永远《人在旅途》，就得不惧疫情带来的种种不便与可能的风险，走遍万水千山。坚持旅游，就得放弃自己的一些爱好，就得学会与不同性格的人一路同行，就得集中一些时间，见缝插针，踏上辛劳而快乐的旅途。

旅途的写作，把原本轻松的旅游，变得很辛苦，旅游就成为一次学习、观察与体验之旅。在繁忙的旅游途中，在疲惫之时，静下心来，写下旅游观感，写下一篇篇有特色的高质量游记，这并不是一件容易的事。游记，需要亲身感悟，需要独特视野，需要广泛查阅资料，需要分析提炼，最后才能成为一篇有特色、受人欢迎的游记。如果不亲自参加旅游，不准备在旅途中辛劳付出，而只是关在屋里闭门造车，这样成就的文章，是不会受到大家欢迎的。凭空写成的文章，缺乏生活，缺乏真实，缺乏感人的基础，完全是一种虚无主义，也就没有什么价值了。

我与太太合作完成的《行走在远方》《外面的世界》《一路风尘》《人在旅途》（精装本上、下册），就是我们旅游的产物，是我们在旅游途中的所见所闻，是我们辛勤努力的结晶，看到自己的作品能问世并为大家所喜爱，感到旅游中一切辛苦都值了。

音乐创作也需要深入实践。无论是词作家还是曲作家，都需要到火热的生活一线中寻找创作源泉，寻找创作灵感，寻找创作素材，寻找创作意境。在这种丰富多样的基础上，再进行艺术创作，就会使作品更有生命力，就会与众不同，就能产生有影响力的作品，作品才能为大家所接受与喜爱。

毛主席在《实践论》中指出："社会实践中的发生、发展和消灭的过程是无穷的，人的认识的发生、发展和消灭的过程也是无穷的。根据于一定的思想、理论、计划、方案以从事于变革客观现实的实践，一次又一次地向前，人们对于客观现实的认识也就一次又一次地深化。客观现实世界的变化运动永远没有完结，人们在实践中对于真理的认识也就永远没有完结。"我们要在实践中不断开辟新的道路，在实践中不断书写更加华丽的篇章。

摸着石头过河

"摸着石头过河"，是小平同志的改革名言，也是客观事物的科学总结，这句简朴的话语，透射出的是一条科学的真理——认识与发展都是一个过程。在新时代的改革与创新中，我们面临一系列新的挑战，我们面临一系列新的考验，如果一切都要看清了才能决策，如果一切都要把稳了才能行动，那么，我们很可能会失去很多机会，很可能将一事无成。

摸着石头过河，说明了事物的复杂，我们认识事物无法一步到位，只能一步一步来。

摸着石头过河，就是走一步，看一步。一下子都看清楚的路，这个世界上是没有的。路，总是在走的过程中逐步清晰起来的。很容易成功的事，不容易找到，找到了也没有多少意义，因为大家都在做，大家都去做，你再做的空间不大。只有那些存在不确定性的道路，探索起来才更有意义，只有充满艰险的路，才更有挑战意义。我们要在做的过程中，逐步搬掉那些石头，克服遇到的困难，最终达到预定的目标。

摸着石头过河，任何决策都无法十全十美。任何决策，都是在一定的条件下进行的，受到各方面条件的限制，也受到人们认识上的局限，要求这些决策十全十美是不可能的。一个重大的决策，往往需要持续跟进，分步骤实现。

摸着石头过河，就是抓住当前的机会。如果一切都等条件完全成熟了再行动，就会错失机会。而选择先起步，在行动中逐步完善，这是最正确的办法。很多事，如果不亲自实践，或许永远不会做，永远找不到答案，只有做起来，才能认清事物的特征，才能找到事物的规律，从而迈入快车道。

摸着石头过河，就是行稳致远。走一步，看一步，一步一步向前走，正确的，坚持；错误的，纠正；不断调整，实现目标的最佳，实现道路的最佳，实现方法的最佳，实现效果的最佳。

当年，毛主席领导我们走过的两万五千里长征，一开始并没有明确目标与方向，而是在行走的艰苦困苦中，毛主席根据敌我双方所处环境的实际情况，英明指挥，不断果断调整前进方向，及时变更行军路线，用兵如神，过五关，斩六将，一路凯歌高奏，最终胜利到达陕北，把革命的大本营定在延安，从而奠定了中国革命胜利的基础。这说明，正确的道路往往一开始是曲折的，受到各方面的限制，并不是一开始就能找到明确的方向，而是要通过艰苦实践，通过不断探索，才能找到正确的道路。

专心做事

在喧闹的世界里，在快捷的信息化时代，在充斥名利的环境中，在复杂的形势下，要沉下心来，专心做事，并不是件容易的事。因为只要稍不慎，就会陷入迷境。

专心做事，要有明确的目标。"凡事预则立，不预则废"，计划是我们做事的先导，也是我们做事的安排，没有目标，如同航船在没有方向的航道漫无目的地前行，是不会取得成功的。

专心做事，要有远大的理想。"弃燕雀之小志，慕鸿鹄而高翔"，这是明朝大臣、民族英雄于谦提出的响亮口号，是我们定位理想的坐标。而无数革命先烈，则用血肉之躯为我们诠释了一个人应当树立什么样的远大理想。

专心做事，要淡泊明志，宁静致远。恬静寡欲，才能明确志向；排除外来干扰，才能达到远大目标。这句话出自诸葛亮《诫子书》：夫君子之行，静以修身，俭以养德。非淡泊无以明志，非宁静无以致远。在名利甚嚣尘上的环境下，专心做事是一种很大的考验。

专心做事，要沉下心来。心无旁骛，专心致志，集中目标，围绕着目标学习、查阅、思考、研究、写作、创作、创新、突破，经过一段时间努力，总会有进步，总会出一些成果。

专心做事，要有坚强的意志，要有必胜的信念。这让我想起了清代郑燮的诗《竹石》："咬定青山不放松，立根原在破岩中。千磨万击还坚劲，任尔东西南北风。"专心做事，要突破前进，没有这种精神是不行的。叶帅说："攻城不怕坚，攻书莫畏难。科学有险阻，苦战能过关。"我们的"两弹一星"就是在这个精神鼓舞下攻克的。

专心做事，要不断用榜样来鼓舞自己。榜样的力量是无穷的，要以历史的、现代的、远处的、身旁的，一切成功人士为自己的榜样，用这些榜样的力量来鼓舞自己、激励自己。

专心做事，要以自己不断取得的成功、成果、成就鼓舞自己，增强自己的信心，哪怕这成功只是微小的一步，那怕这进步只是一个开始，但对于自己树立信心则显得非常重要。

专心做事，天降大任于是人也。"江山代有才人出，各领风骚数百年"，新的时代，有新的需求，要有新的创造，有新的发展。我们不能只有恋古情结而无现代创新意识，也不能只知道背诵经典的古诗词而对现代的一切巨大变化熟视无睹，而是要紧扣时代脉搏，在继承的基础上，大胆创新，勇于突破，发出时代的强音，创造出新时代的华丽乐章。

专心做事，才能成就一些大事。精品需要千锤百炼，经典需要历久弥新，创新需要思维突破，灵感来自生活实践，事业源于执着追求，而这一切都需要时间，需要专心致志。在一段时间内，集中于一个有限目标，形成焦点，容易成功。

专心做事，不断积累。"积小胜为大胜，积跬步至千里"，只要我们坚持目标，不忘初心，持续努力，安心做事，无论是企业的发展目标，还是个人的人生规划，都一定会稳步达到预期的目标。

专心做事，变不可能为可能。"一切皆有可能"，一切可能性存在于我们的努力之中，在持续不断的努力下，胜利的彼岸就会到达，通畅的坦途就会开辟，路会变得越来越宽广。

专心做事，百炼成钢。百转千回，才能踏上胜利的坦途；千锤百炼，才能成为坚强的勇士。探索，永无止境；创新，永在路上。

以辛弃疾的诗《青玉案·元夕》作为结尾：

> 东风夜放花千树。更吹落、星如雨。宝马雕车香满路。凤箫声动，玉壶光转，一夜鱼龙舞。
>
> 蛾儿雪柳黄金缕。笑语盈盈暗香去。众里寻他千百度。蓦然回首，那人却在，灯火阑珊处。

进退之间的选择

人的一生，往往会面临职务上多次进退之间的选择，由于主客观的原因，并不会每次都能如意，很多时候都要面临进退之间的考验。良好的心态，服从组织需要，选择能发挥自己长处又能做实事的岗位，是最好的选择。

能进当然好，担任更高的职务，拥有更高的平台，享有更大的权力，面临更多的机会，成就更大的事业，实现更大的梦想，自己的才华与品德得到更多的肯定，亲人乐，朋友喜，熟识人，皆大欢喜，无人不乐。但，职务高了，担子重了，责任大了，面临的考验也会加大，面临的诱惑与风险也在加大，自己的能力能否适应，抵御风险的准备是否已做好，群众中的威信是否建立，这些也都是我们要考虑的问题。同时，职务是宝塔形的，越到高处，位置越少，能上的，毕竟是少数，大部分人只能原地踏步，这也是很正常的。

如果我们对一切可能带来的新变化，没有充分的思想准备、精神准备、物质准备、知识准备、能力准备与奉献准备，那我们就有可能在新职务面前显得力不从心，无法胜任新的岗位，会耽误大事，甚至有摔跟头的可能。

若不能进，退一步，未必是坏事，退一步可以不必去履新，可以安心把现有的事做好，同样有一番新的天地。

退一步海阔天空。既然进一步举步维艰，说明进一步的时机不成熟，也无可能，不如退一步为好，退一步海阔天空。退一步，可以继续在现岗位上做好自己，进一步锻炼与提高自己，使基础更加牢靠，使自己得到更多提高，使未来更加光明。

退一步有利于务实做事。位置越高，在宏观问题上花的时间就越多，离一线就会远些，接触与深入一线与外部的机会就会大大减少，而正是深入一线与丰富的外部世界给你带来重大机会，给你的决策带来丰富的源泉。

官位越高，听汇报也必然越多，得到的信息将更加间接，有时候这些信息也会滞后，如果不能亲自深入实际，也就会失去一些重要决策机会。因此从做实事的角度看，停留在原位并没有坏处。

身处原位，仍然可以大展拳脚，仍然可以实现自己的宏图大志。身处原位，职务低了，担子轻了，包袱卸了，目标更加单一，精力更加集中，顾虑更少了，可以放手一搏，因而更容易做成事、做成大事，有利而无害也。

身在基层，身在市场与生产一线，这里有火热的生活，这里有昂扬的斗志，这里跳动着时代的脉搏，这里有可歌可泣的感人事迹，这里仍然可创造出惊天地泣鬼神的伟业，这里跳动着蓬勃的时代乐章，这里是广阔的天地。为官一任，造福一方；为任一届，闪耀历史，做实事、做大事，是判断我们人生价值的唯一标准。

对一个人的尊重，主要是对他开创事业的尊重，而不是职务；

一个人能否写进历史，被人民永记，主要也是依据他的精神与他创造的丰碑、伟业，同样不会因为他的职务。

退一步驾轻就熟。赶着轻载的车走在熟路上，轻松上路。唐代韩愈《送石处士序》："若驷马驾轻车，就熟路。"做熟悉的事，做擅长的事，让自己的才能得到充分发挥，容易成功。

轻装上阵，顺其自然，保持良好的心态，以做事、创造历史为己任，换来的是一身轻松，迎来的是一个更新的天地。

改变，要从自己做起

时间过得真快，真是光阴似箭，一切都在不知不觉中过去，我们必须加快调整自己，经常改变自己，使自己保持昂扬的斗志，保持良好的心态，保持与时俱进，与日俱进。我们要在改变与调整中不断进步，否则时间匆匆而过，自己则会一事无成。

改变自己，是件不容易的事。要向自己挑战，要敢于改变现状，要善于改变自己，要对自己经常问为什么。改变别人，要从改变自己做起，否则无法改变别人。而下决心改变自己之时，也是改变现状、改变别人之日。改变自己并不容易，因为一些乖巧的人学会了保护自己的办法——责任往别人身上推，自己都是对的。这样检讨自己的人就会减少，人们改进的机会就会减少，变革就无可能，而只有不断变革才是前行的动力。

改变自己，要与懒惰做斗争。人，总是有一股惯性，一股惰性，不愿意接受新事物，不愿意花时间去交新朋友——这些新朋友可能会改变你的生活，不愿意改变自己的现状，因此很多发展的机会就会擦肩而过。目标，或许是主动改变现状的一个动力，在高目标下有很大的压力，这个压力就成为改变现状的动力。正是在这个压力下，一切都开始变化，发展获得源源不断的动力。低目标，就是无所作为，就是混日子，是不会改变现状的。

改变自己，迎来新天地。我们要试着改变自己，去尝试一下新鲜事物、新的方法、新的路径，或许这些尝试会改变你的生活；要试着怀疑并打破一些习惯做法，用新的思想，大胆突破的精神，大胆否定的勇气，改变我们的现状。正是在这些改变自己的决定中，我们会迎来转机，迎来一个更加广阔的新天地。

皮之不存，毛将焉附

为了生存，每个人都会涉及利益，没有利益，无法在社会上生存，无法体面地做人，利益是必需的。

利益，有大利益与小利益之分，个人的利益是小利益，国家、企业与集体的利益是大利益。

个人的事再大，也是小事；国家、企业与集体的事再小也是大事。

我们只有把个人的事业融入到集体的事业，融入到国家的利益，我们才有坚强的后盾，才有取之不尽的力量，才有永远不会枯竭的源泉，才有永远朝气蓬勃的活力，才有永远纯真的快乐。

孔子曰："君子喻于义，小人喻于利。"我们要做君子而不做小人，因为只有大义，才能使大家共同富裕，才能使人类摆脱贫困，才能使人类摆脱灾难。

关注小利益的人，只关注自己的利益，只关注眼前的利益，胸无大志，殊不知"皮之不存，毛将焉附"。如果离开了集体，离开了团队，个人很难独立生存，即使在现在创业，单打独斗也很难成功。

一个人致富，不是快乐，也无法快乐，只有大家共同富裕，才是真正的幸福，才是真正的快乐。

　　关注小利益的人，是难成大事的，也不会成大事。因为他们心中只有自己，心胸狭窄，没有大格局，没有包容，缺乏大爱，没有感恩。

　　关注小利益的人，没有大格局，没有大视野，没有大胸怀，没有长远的打算，再多的名，再多的利，也永远不会满足。

　　关注小利益的人，每件事都计较，是真正的斤斤计较，没有一件不计较的，没有一件肯吃亏的，决不肯无私奉献。斤斤计较的人，是不会成功的，也不可能成功，历史早就证明这一点，因为成功总是属于那些无私而默默奉献着的人，属于那些不计较个人得失而坚强奋斗着的人。

　　一朵花，孤单无助，花色单调，无法构成美丽景色，很快就会枯萎，万紫才能千红，争妍才能盛开，百花才能春满园。

　　一滴水，很快就会干枯，只有点滴汇集，形成溪流，流进大河，汇入大海，才能形成奔腾不息的力量。

　　一棵树，独木不成林，无法长成参天大树，无法抵御大风的袭击，无法挡住阳光的暴晒，无法带来富饶的森林资源。只有树成林，才能成为无际的森林。

　　一颗星，不是星河，暗淡无光，不会闪耀，群星才能灿烂，众星才能捧月。一颗星，是流星，会坠落在遥远的星空。

　　一个人，只有融入到集体，才能有强大的团队力量；一个企业，有浓浓的家国情怀，才能有一往无前的力量。

　　放弃了这些做人的基本理念，离开了这些做人的道理，我们除了像苍蝇一样嗡嗡叫，还能有什么？

邯郸学步

　　"邯郸学步"是一则由寓言故事演化而来的成语，最早出自《庄子·秋水》。

　　"邯郸学步"这个成语比喻一味地模仿别人，不仅没学到本事，反而把原来的本事也丢了。

　　"邯郸学步"的成语故事：

　　"战国时期，燕国寿陵有个少年，听说赵国都城邯郸的人走路姿势非常优美，就决定前去学习。他风尘仆仆地来到邯郸，果然见到大街上的人走路姿势十分优雅，走起路来仪态万千，举手投足间都流露出翩翩风度。少年赶紧跟着路上的行人模仿起来，人家迈左脚，他跟着迈左脚；人家迈右脚，他也跟着迈右脚。可是学了几天，他却怎么也学不会，而且越走越别扭，姿势比以前更难看了。

　　"少年心想：肯定是我之前的走路方式太有问题了，我一定要把它彻底抛弃，才能学会新姿势。于是他开始从头学走路，每迈出一步都要仔细推敲下一步的动作。就这样废寝忘食地学习了三个月，他每天刻苦练习，却始终没有学会邯郸人的走路姿势，反而把自己原来的走路方式也忘得精光。最后，少年彻底不知道该怎么走路了，只好爬着回到了燕国。"

"邯郸学步"这个成语故事给我们的启迪：

其一，学习，必须从自己的实际出发。学习，不能照搬照抄，不能生吞活剥，而必须根据实际的需要，不要脱离自己的基础，离开了这些，我们最终很可能像邯郸学步一样，学到最后，什么也不是，什么也没有。

其二，学习，必须把握事物的本质。我们不能只知道背诵某些原理，不能只知道背诵老师的教诲，而是必须把握事物的本质，能够举一反三、触类旁通。须知，任何原理都有应用的条件，老师的任何讲话也都有适用的范围，我们必须从特定的环境出发，透过现象看到事物的本质，要抓住最根本的原理。

其三，学习，必须学会创新。创新是学习的生命，学习是创新的基础。如果没有怀疑的眼光，如果没有创新的勇气，我们则可能一事无成。敢于怀疑一切，勇于创新一切，这就是我们成功的秘诀，这就是我们制胜的法宝，这就是我们成功的经验。

要学步，更要走出自己的路；要学习，更要创新；要守成，更要突破；要继承，更要发展。

邯郸学步，给我们的教益可能还有更多，但最重要的就是在学习中，要依据自己的特定情况，大胆创新，有所作为。

见缝插针

见缝插针，比喻抓紧时机，尽量利用一切可以利用的时间与空间。

我们在现实生活中，常常为没有整段的时间而烦恼，常常因为没有足够多的时间而放弃一些很好的计划。

实际上，虽然我们都很繁忙，但在时间管理上还是有很大的潜力，我们还有很多零星时间没有充分利用起来，比如起床后、上班前、下班后、睡觉前、用餐前后、等人前后、候机候车中、旅途中、休闲时，以及一切可以利用的零星时间，都有利用的空间，都是值得利用起来的。虽然这些时间都是些边角料，但这些边角料正是黄金时段，如果把这些黄金时段用好，就可以积少成多、积溪成河，长期坚持，持之以恒，一定会大有作用的。

实际上，在岗的人，都忙于工作，都有明确的本职工作，都有繁重的任务，要在上班时间抽出整段的时间去思考与创造，这是难以做到的。因此，对于边角时间的有效利用，是能否取得事业成功的一道分水岭。

整块的时间既无可能，那只有充分利用零星时间才能实现目标与计划，才能实现梦想。有时候，长时间专注一件事，思维过于集中，思想过于紧绷，未必就有好效果。这个时候，零星时间则发挥着另一种独特的作用，在零星时间里，思想充分放松，会出现创新灵感，这时的某一想、某一思、某一念、某一闪，或许就能开启思维的新通道，都能向着自己的目标迈进一步。哪怕这一步不够大，哪怕这一步还走得不够远，但总是在动，总是在前进，总是在向着目标迈进。

零星时间是宝贵的边角余料。如果把这些边角余料用得好，组合得完美，就能够成大事，做大业，出硕果。

变无为有，由碎变整，积小为大，由少成多，日积月累，零星时间的作用就会汇成一股滚滚的洪流，成为前行的动力，成为滔天的大浪，成为获得成功的原因。

零星时间是宝贵生命的一部分。一个人的生命只有一次，而生命的很多时间都是零星时间，我们只有见缝插针，把这些零星时间充分利用起来，才不会浪费生命，才是真正珍爱生命，才能让生命放射出夺目的光辉。

咬定青山不放松

　　清代郑燮（郑板桥）《竹石》全诗："咬定青山不放松，立根原在破岩中。千磨万击还坚劲，任尔东西南北风。"这对我们大家有很大的启示，说明做任何事，都要坚持到底。

　　咬定青山不放松，要有目标。青山，就是我们的目标，没有目标，我们努力就没有了方向，力量与资源也无法集中。因此，最重要的是首先要确立我们的目标，这个目标就是我们的方向，就是我们的理想。一个人的目标，往往会有很多，但显然一个人的精力有限，必须聚焦，将目标限定到一定范围，确定一些最重要的目标，目标定下来，就有了方向，就有了行动的指南。

　　咬定青山不放松，就是要坚持。有了目标，还不够，还要有坚持。任何事，都不会一帆风顺，都会遇到各种挑战与诱惑，这些挑战与诱惑，时刻在威胁着你的前行，时刻在动摇着你的信心，时刻在妨碍着你的行动。这个时候，能否坚持到底，这是关乎成败的关键。坚持，就是胜利；坚持，能够胜利，但做到这些却非易事，人与人之间的差别，不在于是否制定目标，而在于对理想的坚持与付出。

咬定青山不放松，要淡泊名利。要脚踏实地，要埋头苦干，要沉下心去。奖项是我们这个时代的荣耀，当然要去争取，奖项是对你的肯定，是成名的通道。但不能把奖项、名利看得太重，能传世的，不是奖项，而是作品。曹雪芹的《红楼梦》，没有得过什么奖，也没有人给他奖，人们都在忙自己的奖，但这丝毫不影响《红楼梦》成为中国文学史上最伟大的文学作品，受到人们喜爱，永留史册，成为后人根本无法超越的艺术高峰。不说国内某些无聊的奖项，就是诺贝尔文学奖与《红楼梦》比，也根本不在一个水平面上。因此，要脚踏实地地去创作、去创新，用自己的努力奋斗，开创一个新的天地，能流传的，只能是不朽的经典、永恒的诗篇、高尚的艺术，而不会是其他的。不要把名利看得太重，更不能把获奖作为主要努力方向，而要在自己创作上下千锤百炼的功夫，在坚持上努力。

思想的光辉

王国维与他的境界

　　境界，就是站的高度，达到的程度，具有的胸怀等。境界，有思想境界、艺术境界、道德境界等。

　　境界，决定着战略的高度，决定着思想的深度，决定着追求的程度，也决定着诗词创作的艺术高度。

　　去了王国维的海宁故居，充分感受了王国维先生特定的成长环境，又重读了王国维的不朽经典《人间词话》后，对王国维提出的人生境界有了进一步的理解与感悟。

　　王国维说，古今之成大事业、大学问者，必须过三种之境界："昨夜西风凋碧树，独上高楼，望尽天涯路"，此第一境界也。"衣带渐宽终不悔，为伊消得人憔悴"，此第二境界也。"众里寻他千百度，蓦然回首，那人却在，灯火阑珊处"，此第三境界也。王国维分别引用晏殊、柳永、辛弃疾的三首诗词中的经典片断作为三种境界的标志。

　　著名散文家与诗人李广田先生说，第一首是说眼光远大，立定目标；第二首是说锲而不舍，虽败不馁；第三首是说"踏破铁鞋无觅处，得来全不费功夫"，是成功的愉快。李先生对王国维先生的三境界进行了更加通俗的注解，有助于我们更好地理解王国维先生的三个境界。

实际上，我们每一个人在成长的道路上，都在不断经历向三个境界高度的登攀中，有些人第一个高度没有达到，自然很难走到第二个高度；有些人虽达到了第一个高度，但没有达到第二个高度；只有少数人才能到第三个高度，到达成功的彼岸。

境界，有高低之分。高的境界，决定了追求的高度；而低的境界，则限制了发展。境界是竞争的一个核心要素，要站在战略制高点上，必须要登高望远，要有高的境界。

境界，有情怀之差。情怀是境界的翅膀，没有情怀，境界不会高，只有插上情怀的翅膀，境界才会真正升华。情怀是境界的门户，情怀有多大，境界就有多高。

境界，有道德之别。道德是境界的基础，德高才能望重，有德才有心胸，成为别人的榜样、追求的目标。道德缺失的人，心胸窄，飞不高，走不远，没境界。

追求境界，让心中的梦想放飞；追求境界，让心中的梦想成真；追求境界，让心中的祝福情满人间。

追求境界，让胸怀达到一个新高度，让境界达到一个新高度，有了高度，就有宽阔的视野，就有了前行的方向。

穿越境界，这里是美丽的风景，这里风光无限，这里苦尽甘来，这里风景独好，这里是一片乐土，这里是世外桃源。

穿越境界，美好的人生梦想在努力中实现。战胜自己，战胜对手，战胜一切凶恶的敌人，让中国人扬眉吐气，实现美好的中国梦，让世界永远和平安宁，这就是最高的境界。

慈爱宽容装两半

——读《人生三百岁：星云大师传奇》后感

一

前些日子里，在宜兴参观了宜兴大觉寺，对星云大师的功德留下了深刻的印象。为了更加全面了解星云大师，特买了一本由中国作家刘爱成作的并由星云大师亲自作序的新书《人生三百岁：星云大师传奇》，回到成都，利用假期，一口气通读完。同时还翻阅了同时买的由星云大师编写的《佛光菜根谭》，这本书都是一些人生精彩的格言与座右铭。

两本书读下来，似乎为人生找到了方向，为困扰的问题找到了答案，为重负而一切释然。现摘录一些，与大家分享。

星云大师的教悔，"给人欢喜，给人希望，给人信心，给人方便"，这是星云大师最喜欢的格言之一。

星云大师的苦难经历：星云大师是江苏江都人，1927年8月19日生，他在1939年到栖霞寺，那时他才12岁，在栖霞寺待了6年，由于战乱，一直被生活的苦难折磨，一直在苦苦挣扎。1946年，他考入了镇江焦山佛学院，1947年底离开，与他的志开上人师父一起回到师父的祖庭——宜兴大觉寺，在那里待了两年。1948年，参加僧侣救护队来到台湾，从此开始在台湾独立创业传播佛教的艰难道路。1967年5月16日，星云大师在高雄主持开发建设佛光山的开工奠礼，1968年1月7日，东方佛学院举行第一届毕业生典礼。佛光山从此成为台湾、大中华区、全球最大的佛教圣地，春节期间，每天到佛光山朝圣的信徒，超过10万人。星云大师任国际佛光会世界总会会长，这个团体是目前最大的华人团体。星云大师目前是全球最有名的高僧大师，其人格魅力、影响力与贡献，在近几百年的佛教界中，绝无仅有。

星云大师的累累硕果：他在世界各地创建了近300个道场；他创立的国际佛光会会员超过200万人；他创办了10多个大型文化机构，包括美术馆、图书馆、出版社、报纸、电台、电视台、通讯社；他兴办了16所佛教学院、4所普通中小学，尤其是在美国等地创办了5所当地政府承认学历、参与当地高考录取的大学；而在中国大陆，他捐赠了100多所佛光希望学校，向困难学生提供奖学金；他成立了多所慈善场所，收容孤苦幼童和无依无靠的老人；他写了2500多万字作品，出版了370多本书，包括《释迦牟尼传》《佛光大藏经》《佛光大辞典》等；他在五大洲建立了2000多个"生活有书香"读书会，让满载书籍的云水车开往穷乡僻壤，供人免费阅读；他甚至走进监狱，为犯人读书、演讲，洗濯他们的心灵。

星云大师筹巨资并倾注巨大心血，修建扬州鉴真图书馆，重建宜兴大觉寺，在中国大陆树立了两个非常了不起的丰碑。

二

星云大师的高尚品格、人格魅力，可以通过节录他自己的表述而更加真切，他在他的《真诚的告白（我最后嘱咐）》中说道：

"我一生，人家都以为我很有钱，事实上我以贫穷为职志。我童年家贫如洗，但我不感到我是贫苦的孩子，我心中觉得富有。到了老年，人家以为我很富有，拥有多少学校、文化、出版、基金会，但我觉得自己空无一物，因为那都是十方大众的，不是我的。在世界上，我虽然建设了多少寺院，但我不想为自己建一房一舍，为自己添一桌一椅，我上无片瓦，下无寸土，佛教僧伽物品都是十方共有，哪有个人的呢？但在我的内心又觉得世界都是我的。

"我一生，不曾使用办公桌，也没有自己的橱柜，虽然徒众用心帮我设置，但我从来没有用过。我一生没有上过几次街，买过东西；一生没有存款，我的一切都是大众的、都是佛光山的，一切都归于社会，所有徒众也应该学习'将此身心奉给佛教'，过一个随缘的人生。

"我一生，人家都以为我聚众有方，事实上我的内心非常孤寂，我没有最喜欢的人，也没有最厌恶的人。别人认为我有多少弟子、信徒，但我没有把他们认为是我的，都是道友，我只希望大家在佛教里各有所归。

"我对大家也没有何好、何坏，在常住都有制度，升级都有一定的标准，但世间法上总难以平衡，升级的依据：事业、学业、道业、功业，这里面大小、高低、有无，看的标准各有不同，都与福德因缘有关。所以大家升级与否，不是我个人所能左右，这使我对所有的众徒感到深深抱歉，我不能为你们仗义执言，做到圆满。不过，你们应该学习受委屈，宗务委员会决议你们的功绩升降，出家道行，自有佛法评量，不在世法上来论长道短。"

......

星云大师的文章是极其感人的，他在多方面都为佛教界，为大家做出了表率，他建立的丰碑，后人恐很难超越。

我们虽然不是佛教徒，绝大多数人也无意成为佛教信徒，但人类很多的共性是相通的，佛教的很多信仰应当成为我们人生的一些准则，如果我们都有佛教的慈善与包容，人类之间一定更加和谐，这个世界一定会更加美好。

学习星云大师的慈善，对一切都以爱为先，把大爱洒向五洲，洒向人间，洒向一切，多做善事，多留善名。

学习星云大师的心胸，装天下事，容一切人，不去忌恨，不去记仇。

学习星云大师的忘我，生活上不搞任何追求，坚定做自己的事，走自己的路，只争朝夕，多做事，把一生化作三百岁，努力为这个世界留些东西。

国庆思念聂耳

今年国庆节，与家人在俄罗斯旅游，正好观看央视四套的《中国文艺》，重播《向经典致敬——聂耳特别节目》。节目中聂耳的亲人，即侄女聂丽华与她的儿子——作曲家青山出席，还有特邀嘉宾词作家甲丁、作曲家伍嘉冀，在主持人孟盛楠的出色主持下，伴随着对话与演出，不断将聂耳的丰富人生展现给大家，人民音乐家的光彩形象深深感动我们。

聂耳的歌，是丰富而多彩的。在我们的心目中，聂耳的歌，主要是《中华人民共和国国歌》（原为《义勇军进行曲》），其他的作品不是很清楚，实际上聂耳的经典作品还有很多，如《梅娘》《卖报歌》《毕业歌》《开路先锋》《大路歌》《铁蹄下的歌女》《金蛇狂舞》《翠湖春晓》《告别南洋》等，这些歌同样充满深情，欢快而朗朗上口，尽管时光已过去八十多年，现在听起来依然亲切悦耳，一点也不过时。聂耳创作的几十首革命歌曲是红色经典艺术的瑰宝。

聂耳的歌，是发自内心深处的情感爆发。聂耳把作曲作为武器，是鼓舞人们奋斗的号角，是刺向敌人的利剑。聂耳把内心的爱，内心的恨，通过音乐，通过歌声充分抒发出来。聂耳的歌声，不是一般的歌声，是中华民族的怒吼声，是中华民族的最强音。

聂耳的歌，跨越时代。《义勇军进行曲》一经诞生，就经久不衰，这首歌跨越了时代，从动荡的民国初期，到抗日战争、解放战争，再到社会主义建设时期，改革开放年代，直到今天，一直伴随着我们从胜利走向胜利，一直鼓舞激励我们从贫弱走向强大。

聂耳的歌，总在我们的身边。这首国歌，无论是战场，还是赛场；无论是困难，还是顺利；无论是决战，还是凯旋；无论是海内，还是海外，这首歌成为统一我们的唯一歌声，成为鼓舞我们的唯一源泉，成为我们前行的唯一动力，成为我们中华民族永远的战斗号角。

聂耳的一生是短暂的，二十三岁就英年早逝，他的创作高峰期只有三年，但这三年，聂耳迸发出天生的奇才，在那个国破山河碎、家破人要亡的悲惨岁月，发出了民族复仇最强音。

三年的时间，创作丰富。聂耳的经典歌曲主要集中在那个时间。当我们听到充满童声的《卖报歌》时，一股亲切的快乐声音在耳边响起，这首儿歌直到现在仍然是不可多得的好儿歌。如歌如泣的《梅娘》，充满深情，时光没有让这首歌过时，仍然魅力如旧。

三年的时间，弥足珍贵。三年的时间太宝贵了，聂耳留下的红色经典伴随我们的一生，聂耳的歌曲丰富了我们中华音乐经典宝库。当然，如果给聂耳的时间是十年或三十年，那么他又该给我们留下多少音乐经典？我们对中华民族音乐天才的早逝的遗憾永远是无穷的。

三年的时间，惊天动地，担负起五千年的民族使命。中华民族有着五千多年的灿烂历史与璀璨夺目的文化，这首国歌担负起鼓舞民族复兴与改革图强的重大历史使命。聂耳用三年的时间，摘取了音乐的皇冠，扛起了千年的民族复兴的历史责任。这三年，光辉无比；这三年，闪耀历史；这三年，创造无人能及的高峰；这三年，写就中华民族光辉的一页。

我们的一生有几十个三年，在聂耳面前，我们该思考，如何去争取这些宝贵的三年，为我们的时代做些什么，留些什么？

聂耳，是一面永远闪耀的明镜！

袁隆平院士

袁隆平（1930 年 9 月 7 日—2021 年 5 月 22 日），男，汉族，生于北京，无党派人士，江西省九江市德安县人，中国杂交水稻育种专家，中国研究与发展杂交水稻的开创者，被誉为"世界杂交水稻之父"，国家杂交水稻工程技术研究中心、湖南杂交水稻研究中心原主任，湖南省政协原副主席，中国工程院院士，美国国家科学院院士，中国发明协会会士，湖南农业大学名誉校长，第六至第十二届全国政协常委。

1953 年毕业于西南农学院，1995 年被选为中国工程院院士，1999 年中国科学院北京天文台施密特 CCD 小行星项目组发现的一颗小行星被命名为袁隆平星，2000 年获得国家最高科学技术奖，2004 年获得沃尔夫农业奖，2006 年 4 月当选美国国家科学院外籍院士，2010 年获得澳门科技大学荣誉博士学位。

袁隆平致力于杂交水稻技术的研究、应用与推广，发明"三系法"籼型杂交水稻，成功研究出"两系法"杂交水稻，创建了超级杂交稻技术体系；提出并实施"种三产四丰产工程"，运用超级杂交稻的技术成果，出版中、英文专著 6 部，发表论文 60 余篇。

2018 年 9 月 8 日，袁隆平获得"未来科学大奖"生命科学奖；2018 年 12 月 18 日，党中央、国务院授予袁隆平改革先锋称号，颁授改革先锋奖章，获评杂交水稻研究的开创者。2019 年 9 月 17 日，国家主席习近平签署主席令，授予袁隆平"共和国勋章"。

以上是百度对袁隆平的介绍，我认为袁隆平院士对中国与世界的意义，还不止这些。

一、袁隆平心系中国与世界人民

吃饭是人类生存发展面临的最大问题。袁隆平通过一生的努力，发明并持续提高杂交水稻技术，亩产总量达到 3000 斤，这是一般其他技术根本达不到的高度。如果在中国全面推广，可以解决中国约 7000 万人的吃饭问题；如果全球 1.6 万公顷的可种水稻的耕地，全部采用袁隆平的杂交水稻技术，可以解决全世界 5 亿人口吃饭问题。这是对人类的一个巨大贡献，也是一般科学家难以达到的高度。袁隆平去世，举国悲痛，全球悼念，2021 年 5 月 22 日晚，联合国发文悼念袁隆平院士："袁隆平院士为推进粮食安全、消除贫困、造福民生做出了杰出贡献！国士无双，一路走好。"这说明袁隆平的贡献是全球性的，是永垂人类光荣史册的，他不仅属于中国，也属于世界。

二、袁隆平院士一生淡泊名利

人们看到的袁隆平院士始终衣着朴素，常出现在田间地头，与科学家在一起，与农民在一起，与水稻在一起，他一生淡泊名利，这在当下是多么难得呀。科学家当然离不开经济，离不开经费，但科学家最崇高的使命是用科学为人类造福，而不是为自己。这是一切真伪科学家的分水岭。

三、袁隆平院士的科学成就

我们注意到，袁隆平是中国工程院院士、美国科学院外籍院士，但不是中国科学院院士。杂交水稻技术不仅是实践，更是科学，是农业科学研究的一个重大高峰，是关乎人类生存的一个重大科学高峰，是科学理论的基础之一。我们都认为，袁隆平院士应该是两院院士，应该与伟大的科学家钱学森一样，成为两院院士，这是受之无愧的。我们的院士当选有很多标准，但最重要的一条就是要把最有成果、最有影响力的科学家选上。

历史，是由人民写的，一个科学家的贡献，是由党和人民认定的。袁隆平生前深情地爱着祖国、爱着中国人民与世界人民，他在病危时没有留下遗言，只是关心杂交水稻的试验情况，家人也尊重他的嘱托，不搞遗体告别仪式，家人在《我和我的祖国》的歌声中送别袁隆平院士。袁隆平一生的杰出贡献，是人们难以超越的丰碑，是我们学习的光辉的榜样。

在一代科学巨匠袁隆平逝世之际，谨以此文表达对袁隆平院士最崇高的敬意。

人民科学家南仁东与中国天眼

由于行程上有些变化，去了平塘天坑群后，就没有时间再去中国天眼了，成为一种遗憾，但经过南仁东事迹馆时，虽然馆正在关门，在我们的请求下，管理人员还是让我们进去匆匆看了。

南仁东与中国天眼是密不可分的，中国天眼是南仁东毕生的事业，通过游览南仁东事迹馆，我们对中国天眼与南仁东有了进一步的了解，现根据馆内与其他公开的资料，与大家分享有关南仁东与中国天眼的情况。

一、中国天眼的基本情况

500 米口径球面射电望远镜（Five-hundred-meter Aperture Spherical radio Telescope），简称 FAST，被称作中国天眼。中国天眼，位于贵州省黔南布依族苗族自治州平塘县克度镇大窝凼的喀斯特洼坑中，工程为国家重大科技基础设施，"天眼"工程由主动反射面系统、馈源支撑系统、测量与控制系统、接收机与终端及观测基地等几大部分构成。

中国天眼，由我国天文学家南仁东于 1994 年提出构想，历时 22 年建成，于 2016 年 9 月 25 日落成启用。它是由中国科学院国家天文台主导建设，具有我国自主知识产权、世界最大单口径、最灵敏的射电望远镜。综合性能是著名的射电望远镜阿雷西博的十倍。

截至 2019 年 8 月 28 日，500 米口径球面射电望远镜已发现 132 颗优质的脉冲星候选体，其中有 93 颗已被确认为新发现的脉冲星。2020 年 1 月 11 日，500 米口径球面射电望远镜通过国家验收，正式投入运行。

二、南仁东为中国天眼的杰出贡献

南仁东是中国天文学家、中国科学院国家天文台研究员，曾任 FAST 工程首席科学家兼总工程师，主要研究领域为射电天体物理和射电天文技术与方法，负责国家重大科技基础设施 500 米口径球面射电望远镜（FAST）的科学技术工作。

从 1994 年起，南仁东一直负责 FAST 的选址、预研究、立项、可行性研究及初步设计。作为中国天眼项目首席科学家、总工程师，负责编订 FAST 科学目标。2016 年 9 月 25 日，其主持的 FAST 落成启用。2017 年 9 月 15 日晚，南仁东因病逝世，享年 72 岁。2018 年 12 月 18 日，党中央、国务院授予南仁东同志改革先锋称号，颁授改革先锋奖章，并获评"中国天眼"的主要发起者和奠基人。2019 年 9 月 17 日，国家主席习近平签署主席令，授予南仁东"人民科学家"国家荣誉称号。2019 年 9 月 25 日，被评选为"最美奋斗者"。

三、中国天眼来之不易

1993 年，在日本国际无线电科学联盟大会上，科学家们提出，在全球电波环境继续恶化之前，建造新一代射电望远镜，接收更多来自外太空的讯息。南仁东跟同事们说："咱们也建一个吧。"从那以后，南仁东开始为实现这个伟大的梦想而努力。

1994 年 7 月，500 米口径球面射电望远镜（FAST）工程概念由南仁东正式提出。南仁东提出利用喀斯特洼地作为望远镜台址，建设巨型球面望远镜作为国际 SKA 的单元，开始启动贵州选址工作。为了给 500 米口径球面射电望远镜（FAST）工程选址，他带着 300 多幅卫星遥感图，跋涉在中国西南的大山里，先后对比了 1100 多个洼地，时间长达 12 年。

1995 年 11 月，"大射电望远镜"中国推进委员会成立，由南仁东任主任。

2006 年，南仁东任国际天文学会射电天文分部主席，为中国天文学界第一次在此层面任职，在国际射电天文界得到同行的认可与尊重。

2014 年，"天眼"反射面单元即将吊装，南仁东亲自进行"小飞人"载人试验。

2016 年 9 月，"中国天眼"落成启用前，南仁东已罹患肺癌，并在手术中伤及声带。患病后依然带病坚持工作，尽管身体不适合舟车劳顿，仍从北京飞赴贵州，亲眼见证了自己耗费 22 年心血的大科学工程落成。

2016 年 9 月 25 日，500 米口径球面射电望远镜（FAST）工程在贵州省平塘县的喀斯特洼坑中落成启用，并开始接收来自宇宙深处的电磁波。

四、在一些科学领域，中国领先别国是有可能的

中国天眼是世界最大单口径、最灵敏的射电望远镜，综合性能是著名的射电望远镜阿雷西博的十倍。我们在望远镜技术方面处于世界领先地位，这个成绩来之不易，是南仁东带领团队 22 年的奋斗成果，而且仅选址就花了 12 年，1100 多个地址的反复比较，最终选定最佳位置。

科学，是需要远见卓识的。要赶超国外天文技术，必须要有高起点，必须要有远见卓识，南仁东领军的中国天眼项目组，借鉴国外先进技术与研究成果，独立自主开发，研究成功中国天眼，使我国的射电望远镜技术处于世界领先水平，成为中国的骄傲。

我国天文学曾有辉煌的过去。我国有世界上最古老、丰富的日食、彗星等天象记录，有浑仪、简仪等精湛的古天文仪器，有张衡、祖冲之、郭守敬等驰名中外的天文学家。中国古代天文学对世界天文学发展乃至整个人类文明做出了重要贡献。这个领域一直有辉煌的成就。

如今，世界上最大的射电望远镜 FAST 中国天眼让中国在天文研究领域从过去的追赶，变成了现在的超越，跻身世界天文学的强者之列。

科学，是需要有献身精神的。22 年的心血，22 年的时间，不是所有人都能坚持的，南仁东一直坚持不放弃，直到病危仍然坚持完成这个课题，直到生命的最后一息，让人感动万分，真不愧为"人民科学家"。

致敬，亚洲老师

现在中央电视一台黄金时间热播的电视连续剧《中流击水》（原名《红船》）是由黄亚洲编剧，宋业明执导，王仁君、董勇、王志飞、马少骅领衔主演，奚望、丁柳元、宋佳伦、孙茜、陈逸恒、于洋、林江国、宋禹、曲哲明、刘梦珂、徐永革联合主演，杨立新、刘之冰、邵峰、严屹宽、张宁江、齐奎、张垒、周波、张京生、侯传杲、贺镪、曹力友情出演的革命历史剧。

该剧以"红船精神"为统领，讲述了1919年五四运动爆发到1928年井冈山胜利会师这10年间，中国共产党诞生、发展、壮大的历史进程，诠释了革命先驱者的初心之纯、主义之真、信仰之坚、人格之美。

黄亚洲老师是中国作协原副主席、著名作家、著名诗人，他是电视剧《历史转折时期的邓小平》的主要编剧之一，他多次获得鲁迅文学奖。亚洲老师是《红船》的作者，现在这部电视剧在央视热播，我感到由衷的高兴并衷心祝贺。

我看过几集《中流击水》，现在还在继续演，我每天还在尽最大努力争取看，虽然每天坚持并不容易，但一直想尽量看，我的看后感受是：

一、这是对党史学习的极好补充。通过《中流击水》，我们看到建党前那段详细的历史，使我们更了解当初为什么孙中山会推动国民党实行"联俄、联共、扶助工农"的政策；了解到陈独秀对中国共产党早期建设的杰出贡献与他的局限；了解李大钊作为党杰出领导人在建党初期的重大贡献；了解毛泽东从一开始就是党的正确路线的代表、是中国人民的伟大领袖等。当然还有很多，比如对蒋介石是如何发迹的，也了解得比过去要深刻很多。过去党史对这一段历史的资料不是非常详细，而通过亚洲老师编剧的《中流击水》做非常翔实而生动的补充，让初期的党史更加丰满了，亚洲老师不愧为杰出的党史编剧与研究者。

二、导演与演员水平一流。宋业明的导演，王仁君、董勇、王志飞、马少骅的主演水平很高，其他演员演得也很好，场景都很逼真，很感动人。特别是出演孙中山的马少骅，把孙中山的人物形象刻画得很深刻，而出演陈独秀的王志飞，更是把陈独秀作为思想解放的先驱与错误路线的代表的双重性格，演绎得淋漓尽致，人们看到的是一个真实的陈独秀。

三、《中流击水》的意义，是对现有党史生动再现与全面的补充，让人充分了解建党前后特殊历史条件下，第一次国共合作的意义。在建党100周年前播出，对于大家重温党的历史，缅怀与讴歌党的创始人的伟大贡献，意义重大。

与亚洲老师相识，缘于诗歌，记得第一次见面是在2015年6月27日，中外散文诗学会人祖山景区采风笔会与亚洲老师初次相会，以后逐渐熟悉起来，见面机会也多起来，常得到他的点拨与指导。亚洲老师奔放的思想、率真的性格、杰出的才华、勤奋不倦的精神、平易近人的作风、乐于助人的态度，始终是我的一面闪亮镜子，让我感到巨大的差距，也时常有前进的动力。

2019年9月7日，为庆祝新中国成立70周年，我们携手，"黄亚洲、赵振元诗歌朗诵会"在杭州图书馆举行，这次朗诵会通过全球微赞，收视与阅读量达20多万。

2021年6月13日下午两点半，为庆祝建党100周年，我们再携手，"黄亚洲、赵振元诗歌朗诵会"还将在杭州图书馆举行。

为国庆70周年、为建党100周年做点事，这是亚洲老师与我的共同心愿。

与巨人同行，随巨人前行，我们永远在路上。

听建明老师讲党课

昨天下午，中国作协副主席、著名作家何建明老师在百忙之中来到嘉兴，莅临十一科技嘉兴党建中心，为太极实业（十一科技）党员干部讲授"百年党史，热血信仰"的党课，让我们在建党100周年之前，受到一次深刻的党建教育。这对于我们坚定党的信念、坚定革命理想，更好地继承革命先烈与先辈的遗志，更高地举起红色的旗帜，意义重大。

要知道，建明老师在全国各地的党史、党课之约太多，应接不暇，各地奔波，极其繁忙，他是一位最勤奋的作家，他是一位最辛苦的党建传播者。请到他来讲课，真是不容易，鸿伟、我与太极实业（十一科技）的党员干部都非常珍惜这一来之不易的宝贵机会。

这是一次深刻而生动的党课教育。建党为什么是在上海而不是在其他地方、"一大"召开的准确日子、"一大"召开的细节以及为什么会转到嘉兴南湖、开创党伟大历史纪元的一群年轻人是哪些人、伟大导师列宁对中国共产党建党的指导及他身边的中国人等，这些事例与情节，在一般的党史书籍中是看不到的，但建明老师旁征博引，以充分的证据、生动的语言，向我们讲述这些细节，引起了我们的浓厚兴趣。

这是一次新鲜而丰富的党课。一个个我们陌生的革命先烈的名字，如"一号烈士"——金佛庄、张秋人、许包野、黄仁、顾正红、曹顺标、欧阳立安、袁咨桐等第一次进入我们的记忆，尘封的往事被揭开，断了线的风筝接上了，让我们陷入对革命烈士的无限思念中。而对邓中夏、陈延年、陈乔年的深入讲解，使我们进一步加深了对他们的敬仰。

这是《雨花台》《革命者》这两本重要著作的入门辅导。《雨花台》《革命者》是建明主席最新的两部力作，发行量都达数十万，在全国影响力极大，被很多电影、电视剧、歌舞剧作为素材，是当代流行的红色经典书籍。参加听课的党员干部每人都得到了建明老师的亲笔签名书，大家热切期待阅读这两本书，而今天建明老师的讲课，成为大家阅读《雨花台》《革命者》的入门向导。

这是一次再出发的动员。听了何建明老师的党课，大家心潮澎湃，都说回去要看看《雨花台》《革命者》，从中加深对革命烈士事迹的了解，把这些感动作为行动，成为再出发的动力。

党课结束，余音袅袅，心潮起伏，难以平静，在南湖听建明老师讲党课，具有特别的意义；在建党100周年之际听建明老师讲党课，增添了再出发的动力与勇气，让我们记住昨天的难忘下午。

我的好朋友晓弦

昨天上午 10 时，天下着细雨，让人感到阵阵寒意。然而在全国文明村——嘉兴南湖区新丰镇的竹林村却热闹非凡，这里在隆重举行本土出生的全国著名诗人晓弦（俞华良）的晓弦诗文展览馆与俞华良诗歌工作室的揭牌仪式。除了嘉兴当地的各级有关领导和嘉宾外，作为好朋友，亚洲老师与我都出席了这个活动仪式，我们的到来，为这个仪式带来了业内的祝贺，增添了文学的热闹气氛。

我与晓弦的认识，始于 2015 年嘉兴湘家荡国际散文诗征文与颁奖活动。那次活动是由中外散文诗学会主办，我是学会副主席，我与海梦主席、宓月秘书长一起出席活动，在当地区委宣传部的精心指导下，晓弦是具体总策划者。那个活动高朋满座，搞得十分圆满，让我对晓弦卓越的组织能力有了深刻认识，这也开始了我们之间的友谊，之后还开展了一系列成功的文化合作。

我们先后成功举办赵振元诗歌朗诵会、金达爱德杯国际散文诗歌大赛暨大型朗诵会、十一科技庆祝建党诗歌朗诵会以及国庆朗诵会等，这些朗诵会吸引了丁建华、刘忠虎等一大批国内著名的朗诵家前来朗诵献艺，著名作家、著名编剧黄亚洲老师也多次出席。在区委、区政府的关心下，我们还一起推动和催生了一家著名朗诵团体——南湖朗诵艺术团（南湖区朗诵家协会）的诞生。这个艺术团体产生了袁瑛、炜航、郭洁、高原等一批享誉国内朗诵界的朗诵家，他们都获得中外散文诗学会等单位主办的在嘉兴南湖颁发的"中国散文诗最佳朗诵奖"，他们的不少优秀朗诵作品除了在上海、成都、杭州一些文化活动中展示外，还通过广播电台的传诵，几乎传递到每一位嘉兴人。我们还一起推动与策划了包括钟丽燕独唱音乐会等国内多次大型演唱会的召开，一首由我作词、四川音乐家协会副主席彭涛作曲的脍炙人口的《嘉兴美》，也由此诞生，在嘉兴电视台连续三个多月进行播放。同时，我的多个朗诵碟盒也由嘉兴吴越音像出版公司出版。

我们在南湖、在嘉兴联合策划的一系列重大活动，活跃了嘉兴与南湖诗坛，繁荣了中国诗歌界。直到今天，我们仍然在一起做很多对社会十分有益的事情。

晓弦是植根于仁庄的乡土作家、诗人，是中国诗歌界有特色的著名诗人，他对故乡仁庄一往情深，十多年来一直在为仁庄写诗，他以《仁庄纪事》为组诗题目完成并发表的近千首诗歌，我想应该成为仁庄诗学重要的组成部分。这次由中国作协副主席吉狄马加题写馆名的"晓弦诗文展览馆"的建立，可以让人们通过展览陈列的作品一窥他孜孜以求的"仁庄情怀"，考量晓弦的仁庄诗歌理念，提升晓弦的诗歌艺术水准，所以说，这既是嘉兴文化上的一件大事，也是浙江文坛的一件喜事，更是国内诗歌界的一件盛事。而且，在中国共产党建党 100 周年之际建立这个展馆和创作基地，无疑具有重大意义。

　　我和晓弦，还会继续携手，为南湖，为嘉兴，为中国诗坛继续做些更有益的事，就像晓弦众多仁庄诗歌系列里的主色调，充满上扬的能量。而且事实证明，这些通过文化艺术传播释放正能量的事，对国家和地方经济社会发展都极有好处。

澎湃而强大的红色基因

——记时代楷模彭士禄

昨晚，央视一套晚上 9：00 的黄金时段，原本播放的热播剧《中流击水》暂停播放，虽然有些突然，但后面播放的内容，着实让人感动，播放的是中央宣传部近日追授的时代楷模——彭士禄的事迹，我含泪看完彭士禄的一生光辉事迹的介绍，深受感动。

彭士禄的基本情况：彭士禄（1925 年 11 月 18 日—2021 年 3 月 22 日），汉族，革命英烈彭湃之子，广东省汕尾市海丰县人，中国第一任核潜艇总设计师，中国工程院首批资深院士，被誉为"中国核潜艇之父"。他是中共十一大、十二大、十三大代表，中共十二届候补中央委员，四届及八届全国人大代表，八届全国人大常委会委员，人大环保与资源委员会委员，中国核工业集团公司顾问、中国核学会名誉理事长。

彭士禄是中国著名的核动力专家，中国核动力领域的开拓者和奠基者之一，为中国核动力的研究设计做出了开创性工作。1956 年，彭士禄毕业于苏联莫斯科化工机械学院，后又在苏联莫斯科动力学院核动力专业进修。1958 年回中国后一直从事核动力的研究设计工作，曾先后被任命为中国造船工业部副部长兼总工程师、中国水电部副部长兼总工程师、中国广东大亚湾核电站总指挥、中国国防科工委核潜艇技术顾问、中国核工业部总工程师兼科技委第二主任、中国秦山二期核电站联营公司首任董事长。2021 年 5 月 26 日，中宣部决定，追授彭士禄院士"时代楷模"称号。

2021 年 3 月 22 日中午，彭士禄在京逝世，享年 96 岁。

为彭士禄事迹感动之一：彭士禄是革命烈士彭湃之子，血液里流淌着强大的红色基因。彭湃烈士是中国第一个农村苏维埃政权——海陆丰苏维埃政府主席，著名的农民运动领袖。1929 年 8 月 30 日，时任中共中央农委书记的彭湃在上海龙华英勇就义，时年仅 33 岁。民主革命时期，彭湃开展农民运动，撰写的《海陆丰农民运动》一书，成为从事农民运动者的必读书，被毛泽东称为"农民运动大王"、中国农民运动的领袖。2009 年 9 月 10 日，彭湃被评为"100 位为新中国成立作出突出贡献的英雄模范人物"。作为烈士后代，彭士禄在 4 岁时失去妈妈蔡素屏（革命烈士），5 岁时失去爸爸，成为烈士遗孤，小小年纪的彭士禄从此颠沛流离，生活没有保障，多次被国民党抓进监狱，受尽酷刑，出狱后生活也极为艰难，一直在死亡线上挣扎，是当地的人民帮助了他，让他一次次渡过难关。直到 1940 年，在周总理的亲自关怀下，组织上派人终于找到了他，把他接到延安，从此开始了他的新生。因此，彭士禄的一生一直有着强大的红色基因，充满对党、对祖国、对人民的无比热爱。

为彭士禄事迹感动之二：彭士禄是"中国核潜艇之父"。1959 年，苏联以技术复杂、中国不具备条件为由，拒绝为中国研制核潜艇提供援助。毛泽东提出："核潜艇，一万年也要搞出来！""一万年太久，只争朝夕！"彭士禄和他的同事们深受鼓舞，决心自力更生、艰苦奋斗，尽早将核潜艇研制出来。作为总设计师，他在极其困难的条件下，带领团队成功地研制了中国第一艘核潜艇。1970年，中国第一艘攻击型核潜艇下水，成为世界上第五个拥有核潜艇的国家。彭士禄以只争朝夕的精神，提前实现了毛主席提出的目标，彭士禄被誉为"中国核潜艇之父"。

为彭士禄事迹感动之三：彭士禄是我国核动力事业的奠基者与开拓者。20世纪80年代初，在彭士禄临近60岁的年龄之际，他又以祖国需要为重，从核军工转入核民用领域，担任大亚湾核电站总指挥，提出了大亚湾核电站的投资、进度、质量三大控制的重要性及具体措施，提出了核电站建设的时间、价值观念，是我国第一个核电站的开拓者。1986年，彭士禄又担任核电秦山二期联营公司董事长，他提出"以我为主，中外合作"，及自主设计、建造2台60万千瓦压水堆核电站机组的方案，亲自计算主参数、进度、投资估算等，为二期工程提供了可靠依据，其间他还积极推行董事会制度，首次把招投标机制引入核电工程建设。彭士禄不仅是"中国核潜艇之父"，也是中国核电站建设的开拓者与奠基人，他为中国的核动力发展做出了前无古人、后无来者的历史性贡献，是中国核动力发展的最大贡献者。彭士禄的一个大笔记本，记录着核电站建设的各种参数、建设过程的全过程控制方案，涉及多学科、多专业，他丰富的核电站建设经验与谈判经验，让国外专家都钦佩之至。彭士禄的这本笔记本，堪称核电建设的百科全书，是他一生心血的结晶，是科技工作者学习的范本。

为彭士禄事迹感动之四：敢于担当、不计名利、无私奉献的精神。潜艇核动力装置的研究，是在一片空白的基础上起步的，通过计算得出十几万个数据，而又要通过满功率试验论证。在试验时出现剧烈震动，现场出现巨大险情，当时现场人员提出了两个方案，一是停止试验，二是降低功率，但彭士禄提出了出人意料的决定，提高功率，这个决定充满了极大风险，但最后证明彭士禄是正确的。彭士禄判断震动的原因是出现了物理共振，只有提高功率，才能避免。当时，停止试验，将大大拖延试验进度，而如果一旦出现事故，其后果更是不堪设想，彭士禄在危机关头，敢于决策，敢于担当，经历了一次重大考验。同事们回忆说，彭士禄说过，只要有70%的可能，我就敢定，你们干，成绩是你们的，出了事，责任由我来承担。彭士禄一生获奖无数，但他淡泊名利，作为1985年的国家科技进步特等奖的主要获奖者、作为2018年度香港何梁何利基金奖的获得者，他把奖金全部捐献给核动力事业。他一生无私奉献，情系祖国，直到生命的最后，他还对着电视镜头说："只要祖国需要，我愿意献出我的一切。"他一生忠于党，忠诚祖国，成为我们人生的光辉榜样，成为"时代楷模"。想想彭士禄，我们还有什么不能放弃？想想彭士禄，我们还有什么不能克服的困难？想想彭士禄，我们还有什么不能实现的梦想？想想彭士禄，我们还有什么不能担当？

中央宣传部将彭士禄追授为"时代楷模"是完全必要的，这为全国各行各业，特别是科技战线，树立了一个高耸的标杆，为广大青少年树立了人生的光辉榜样，而榜样的力量往往是无穷的，对青少年将会产生深远影响。彭士禄的父亲彭湃是中国卓越的农民运动领袖，是名震全国的"中国农民运动领袖"，而他是"时代楷模"，是"中国核动力之父"，子承父业，他没有辜负他父亲、他母亲的殷切期望，高举着父辈的旗帜，成为闪耀中华的瑰宝，成为"时代楷模"。

双星同耀，中华之幸；父子同辉，中国之荣；子承父业，基因强大；红色传奇，堪称经典！

屯垦天山下

今天上午，中央四套重播《国家记忆》：屯垦天山下寻梦城市。这一集集中介绍了在王震同志领导下新疆建设兵团创立、建设与发展历史，特别是石河子市、阿拉尔市的建设历史，看后感触很深，因为这两个城市我们先后去过，特别是最近刚从阿拉尔回来不久。

1949 年，新疆和平解放，王震司令员率领解放军进驻新疆。1954 年 10 月，中央政府命令新疆的中国人民解放军第二军大部、第六军大部、第五军大部，第二十二兵团全部，集体就地转业，脱离国防部队序列，组建中国人民解放军新疆军区生产建设兵团。1981 年 12 月，"新疆军区生产建设兵团"改称为"新疆生产建设兵团"。截至 2020 年，新疆生产建设兵团下辖 14 个市，下辖师与所在的自治区直辖县级市，实行"师市合一"的管理体制。新疆生产建设兵团现有 324.84 万人，由中央政府与新疆维吾尔自治区双重领导。

石河子市与阿拉尔市都是因新疆生产建设兵团而诞生。当年王震同志带队选点，最后选中离乌鲁木齐 150 公里处的石河子作为新疆兵团总部（现在是兵团八师师部所在地）的落脚之处。现在的石河子，在当时只是一个很小的驿站，王震同志当年在驿站因蚊虫太多而无法入睡，只能睡到屋顶上去。在一片荒地上，1952年底就建起了兵团的第一栋四层楼，成为新疆兵团第一栋建筑，石河子市的建设也从此揭开新的一页。以后在1957年，王震同志考虑到南疆的特殊位置，为了开发塔克拉玛干沙漠，选择在塔里木河旁建立阿拉尔市（现在是一师师部所在地），新疆生产建设兵团农一师进驻阿拉尔屯垦戍边，开始建设阿拉尔。在一片荒无人烟的沙漠上，先绿化植树，再建设城市，硬是实现了荒沙变绿洲、沙漠变城市的奇迹。

屯垦戍边，奠定了新疆工业的基础。刚解放时，新疆没有什么工业。新疆兵团陆续建起来的钢铁、冶金、棉花、纺织等一大批工厂，都移交给了地方，这成为新疆工业的基础。

屯垦戍边，推动了新疆经济的发展。新疆建设兵团，是新疆建设的主力军，也是实现新疆经济增长的主力军之一。2020年，新疆维吾尔自治区实现地区生产总值（GDP）13797.58亿元，比上年增长3.4%。2020年，新疆308.9万贫困人口全部脱贫。其中新疆建设兵团对新疆的GDP增长与脱贫工作有很大贡献。

屯垦戍边，促进了民族大团结，稳定与繁荣了祖国的北部边疆。新疆经济的发展，新疆城市建设的日新月异，使新疆的56个民族的生活都得到了明显的改善，新疆人民过着安定与富裕的生活，这中间屯垦戍边的作用很大，是新疆的稳定器。纪律严明的新疆生产建设兵团，平时能生产，战时能打仗，是一支能文能武的队伍，是一支不穿军装的部队，在地大物博、与八国接壤的祖国的北部边疆，新疆建设兵团是不可缺少的。

屯垦戍边，兵团的创立者与建设者，贡献了忠诚、生命与青春。王震同志是新疆建设兵团的倡导者、新疆发展的领导者，这位当年曾率领三五九旅在延安把"处处是荒山"的南泥湾建设成为"陕北的好江南"的将军，解放后一直呕心沥血领导新疆的建设，推动新疆建设兵团的发展，做出了一个又一个的重要决策，在毛主席与党中央的英明领导下，王震同志是新疆发展的最大功臣。1991年8月，王震同志以国家副主席的身份最后一次回到新疆，受到了新疆各族人民的热烈欢迎，所到之处人们都充满了对他的敬爱与感激之情。1993年3月12日王震同志在广州逝世，终年85岁，逝世后王震同志捐献了眼角膜。同年4月5日，遵照王震同志的遗言，他的骨灰撒在新疆天山，他将在毕生为之奋斗、充满情感的新疆大地，与逝世在这里的战友们同眠在天山。

新疆生产建设兵团的战友们，一代又一代，把青春与热血贡献给了祖国北疆的建设，贡献给了这片神圣的土地，他们的生命永远闪耀着光芒，这光芒照耀着历史，照耀着未来。

双清别墅前的思考

在初冬到来时，抽空再次来到香山，来到双清别墅，同时也第一次参观刚刚落成的香山革命纪念馆。

虽然初冬的北京，寒意已浓，几天前的一场大风几乎吹落了所有的枫叶，香山枫叶秋的美景已经不在，整个香山都找不到连片的枫叶，只有个别树上还有残留的树叶。但这丝毫不影响我们的心情，因为这次是专门再次到双清别墅，瞻仰毛主席旧居，追踪毛主席的光辉足迹，寻找再出发的动力。

位于北京香山公园南麓半山腰的双清别墅，是当年袁世凯政府的国务总理熊希龄的私人别墅。当时为接纳因 1917 年河北发生特大水灾而导致大批难民拥入北京，而特地修建香山慈幼院，熊希龄同时修了这个私家别墅。

双清别墅是毛主席率党中央机关从西柏坡到北京后的第一个居住地。1949 年 3 月 25 日，毛主席在西苑机场阅兵后，即入住双清别墅，直到 8 月 23 日离开这里，入住中南海菊香书屋，在双清别墅住了一共 5 个月。而这 5 个月正是中国革命胜利的前夜，是中国革命发生历史性转折的关键时刻，双清别墅从此成为人们最向往的地方之一。2019 年 10 月，双清别墅被列入全国第八批重点文物保护名单。

毛主席与中央主要领导在香山的 5 个月，正是全国解放前夕的重要时刻，毛主席在这里指挥了渡江战役，从此拉开了解放江南各个主要城市的序幕，为解放全中国扫平了最后的障碍。

毛主席在双清别墅，还进行了新政协第一次会议与新中国的紧张筹备工作。在双清别墅，毛主席时常与张澜、李济深、沈钧儒、柳亚子等著名爱国民主人士亲切交谈，共商国是，就全国第一届政治协商会议的召开与国家领导人的组成，广泛征求意见。毛主席在这里还会见了国民党和谈代表张治中，写下了《七律·和柳亚子先生》的不朽诗篇，并发出了邀请宋庆龄北上共商建国大计的亲笔信函。

毛主席在双清别墅写下了《论人民民主专政》《向全国进军的命令》等重要著作，深刻总结了建党 28 年的基本经验，科学分析了国内外形势，全面阐述了新中国的建国方针，号召全国人民不要抱任何幻想，坚决、干净、彻底、全部消灭国民党反动派，为建立一个新中国而奋斗。

双清别墅里的红顶六角亭，特别让人留恋。毛主席在那里与他的爱子毛岸英亲切交谈的照片永远留在人们的脑海里。毛主席在六角亭里的藤椅上阅读人民解放军占领南京的号外新闻格外引人注目，因为毛主席在阅读后就写出了脍炙人口的不朽七律诗篇《人民解放军占领南京》。

毛主席在香山写下的一系列光辉著作与诗篇，为中国革命胜利指明了方向；毛主席在香山发出的指令，领导与鼓舞着全国人民为争取全国解放的最终胜利而斗争。

香山，以这段特殊的历史载入中国革命的史册，随着历史的推移，香山毛主席的旧居，越发为更多的人怀念；双清别墅，毛主席在这里度过了光辉的岁月，这里的一草一木都格外亲切，这里的一砖一瓦都分外珍贵，双清别墅因一代伟人毛主席的旧居而光耀人间。而双清别墅最近被列为第八批全国重点文物更是凸显了其历史价值。

香山，秋天是最美的季节。秋天的香山，层林尽染，金色的枫叶覆盖着整个香山，香山是金色的多彩世界。这个时候，往往游客如云，人们欣赏着这自然的美景。

然而，人们到香山来，更多的是寻找领袖的足迹，寻找毛主席曾经在香山的旧居，寻找毛主席在这里指点江山、谋划建国大业的宏伟蓝图，寻找毛主席在香山那些岁月的点点滴滴。正是这些，才使得香山的枫叶分外美丽、格外让人留恋、让人不舍离开。

"宜将剩勇追穷寇，不可沽名学霸王"，这是毛主席在香山发出的伟大号召，也是我们再出发的动力。到香山来，更多的是要牢记毛主席在新中国成立前发出的那些谆谆教导，要将革命进行到底，不忘初心，继续我们的宏大伟业，创新更加光明的未来。

香山革命纪念馆

　　香山革命纪念馆位于北京香山，紧邻香山公园。香山革命纪念馆占地 2.4 公顷，建筑面积 17985 平方米，于 2018 年 4 月 23 日开工建设，2019 年 9 月 13 日正式对外开放。从此，香山的大量珍贵革命文献资料、文档、影像资料等有了一个集中展示与保管的地方；从此，北京又多了一处重要的红色教育基地；从此，香山又多了一个参观与旅游的景点。

　　今天有幸在瞻仰双清别墅后，参观香山革命纪念馆，成为纪念馆开馆后较早的参观者之一。

　　通过参观香山革命纪念馆，以下一些方面留下了深刻的印象。

　　一是馆藏丰富。馆中数千件展品、图片和一段段珍贵的影像资料，全面呈现了中共中央在北京香山时期波澜壮阔的革命历史。生动地再现了毛泽东、周恩来、刘少奇、朱德等中央领导在香山的革命活动，而限于地点与容量的限制，在双清别墅无法全面展示这些珍贵史料。

　　二是赶考成功。1949 年 3 月 23 日，毛主席率中央机关从西柏坡出发去北京，出发时，毛泽东同志对周恩来说，今天是进京赶考的日子，进京赶考去。周恩来笑着说，我们应当都能考及格，不要退回来。毛泽东满怀信心地说，退回来就失败了。我们决不当李自成，我们都希望考个好成绩。

毛主席与党中央在香山的革命活动，如毛主席发表《论人民民主专政》为新中国成立做了理论准备；指挥渡江战役，为解放江南开辟道路；频繁会见民主人士，为政协第一次会议与国家机构组成做准备；毛主席、朱德发布《向全国进军的命令》，吹响了全国解放的号角等，这些都为建国大业充分准备，为新中国的成立创造了坚实的基础，考了个最优的成绩。

三是对渡江战役意义重大。毛主席说："在两年半的解放战争中，我们消灭了国民党反动派的主要军事力量和一切精锐师团。国民党反动派统治机构即将土崩瓦解，归于消灭了。我们三路大军浩浩荡荡就要下江南了，声势大得很，气派大得很，同志们下江南去啊，我们一定要赢得全国的胜利。"在毛主席的直接指挥下，1949年4月23日南京解放，5月3日杭州解放，5月17日武汉解放，5月22日南昌解放，5月27日上海解放，6月2日青岛解放，8月4日长沙解放，8月17日福州解放，8月26日兰州解放，在12月31日前，又陆续解放了归绥（呼和浩特）、银川、迪化（乌鲁木齐）、广州、厦门、贵阳、桂林、重庆、昆明、雅安、成都，为新中国成立奠定了基础。

四是为新中国成立后的国际交往做了充分准备。毛主席、党中央在香山期间，不仅考虑解放全中国、建立新中国的准备，而且为新中国的国际外交运筹帷幄，做了许多重大部署。仅到1949年底，与新中国建交的国家就有苏联、保加利亚、罗马尼亚、匈牙利、捷克斯洛伐克、朝鲜、波兰、蒙古、德意志民主共和国、阿尔巴尼亚等，我们当时加入社会主义阵营，有力地粉碎了美帝国主义对新中国的孤立与封锁，新中国的建设因此得到苏联等社会主义阵营强大的支持。

香山革命纪念馆，作为新中国成立前的革命展馆，意义重大，翔实而珍贵的资料必将成为一个最好的红色教育基地，鼓舞我们不忘初心，牢记使命，为实现伟大的理想而奋斗。

方志敏的《可爱的中国》

　　我的案头放着一本由读者出版社刚刚出版的新书——方志敏的《可爱的中国》，这是今天我刚买的新书，书店离我们家很近，周日里有空，一般我都要去看看，每次都要选一些新书。

　　这本书收集有方志敏的《方志敏自述》《可爱的中国》《死！》《清贫》《狱中纪实》《我从事革命斗争的略述》《我们临死以前的话》《在狱致全体同志书》《给某夫妇的信》《记胡海、娄梦侠、谢名仁三同志的死》《遗信》《方志敏的诗》《方志敏生平事略》等。

　　方志敏（1899—1935），江西弋阳人，中国无产阶级革命家、军事家。1922年加入共青团，1924年加入中国共产党，1929年领导建立了江西红军独立第一团，1930年任信江苏维埃政府革命军事委员会主席，并领导成立中国工农红军第十军，任红十军政委，1931年在闽北连打11仗，连战皆捷。1935年1月29日，在江西省玉山县怀玉山区被俘，囚于南昌国民党驻赣绥靖公署军法处看守所，严辞拒绝了国民党的劝降。1935年8月6日，方志敏同志被秘密杀害于江西省南昌市下沙窝，时年36岁。

方志敏在狱中，在如此艰难的条件下，写下了大量的宝贵文字，这些文章是激励后人的巨大的精神财富，鼓舞了一代又一代革命者奋勇向前。方志敏的文章，闪耀着一个共产党人坚定的共产主义理想，表达了对新中国美好未来的无限向往，体现了一个共产党人的崇高情操，谱写了一个伟大共产主义者的壮美诗篇。

　　方志敏的《可爱的中国》，以前在语文课本里都读过，但在庆祝建党100周年的特别日子里，在《可爱的中国》由理想变为现实时，重读这篇文章，备受鼓舞，更加怀念伟大的方志敏烈士，怀念老一辈无产阶级革命家，更加珍惜今天来之不易的美好生活。

　　方志敏在《可爱的中国》里写道："中国真是无力自救吗？我绝不是那样想的，我认为中国是有自救的力量的。最近十几年来，中国民族，不是表示过它的斗争力量之不可侮吗？弥漫全国的'五卅'运动，是着实地教训了帝国主义，中国人也是人，不是猪和狗，不是可以随便屠杀的。省港罢工，在当时革命政权扶助之下，使香港变成了臭港，就是最老牌的帝国主义，也要屈服下来。以后北伐军到了湖北和江西，汉口和九江的租界，不是由我们自动收回了吗？在那时帝国主义在中国的威权，不是一落千丈吗？"

　　方志敏在《可爱的中国》里写道："不错，目前的中国，固然是江山破碎，国弊民穷，但谁能断言，中国没有一个光明的前途呢？不，决不会的，我们相信，中国一定有个可赞美的光明前途。中华民族在很早以前，就造起了一座万里长城和开凿了几千里的运河，这就证明了中华民族伟大无比的创造力！中国在战斗中一旦斩去了帝国主义的锁链，肃清自己阵线内的汉奸卖国贼，得到了自由与解放，这种创造力，将会无限地发挥出来。到那时，中国的面貌将会被我们改造一新。所有贫穷和灾荒，混乱和仇杀，饥饿和寒冷，疾病和瘟疫，迷信和愚昧，以及那慢性的杀灭中国民族的鸦片毒物，这些等等都是帝国主义带给我们可憎的赠品，将来也要随着帝国主义的赶走而离去中国了。"

方志敏在《可爱的中国》里激情地预见："朋友，我相信，到那时，到处都是活跃的创造，到处都是日新月异的进步，欢歌将代替了悲叹，笑脸将代替了哭脸，富裕将代替了贫穷，康健将代替了疾苦，智慧将代替了愚昧，友爱将代替了仇杀，生之快乐将代替了死之悲哀，明媚的花园，将代替了凄凉的荒地！这时，我们民族就可以无愧色地站立在人类的面前，而生育我们的母亲，也会最美丽地装饰起来，与世界上各位母亲平等地携手了。这么光荣的一天，决不在辽远的将来，而在很近的将来，我们可以相信的，朋友！"

这不是一般的狱中留言，这是一个共产党人的壮美诗篇，这里没有任何的悲观，而是对祖国的未来充满诗意的畅想，优美的诗一般的语句，从心中跳出，胜过任何万千诗篇，这是用生命与信念铸成的最美诗篇。

这不是毫无根据的推测，而是一个无产阶级革命家的精准预测，堪称世界典范，永垂青史。在毛主席的英明领导下，中国人民站起来了；在邓小平的领导下，中国人民富起来了；在习近平总书记的领导下，中国人民强起来了，当年方志敏烈士的预言，全都变成了现实。

这不是一个人临终前的悲观，而是一个顶天立地的共产党人的豪迈誓言。

重读《可爱的中国》，你仿佛仍能感受到方志敏烈士一颗澎湃的心在蓬勃地跳动，这颗心红心向党，永远不变；这颗心，永远眷恋着自己伟大的祖国。方志敏，是祖国最优秀的儿女之一；方志敏，是中国共产党人的最杰出代表之一。

告慰于方志敏烈士的是：今天，我们伟大的祖国，到处莺歌燕舞，青山绿水，祖国江山无限美好，人民生活幸福，国家强大，嫦娥奔月不是梦，神舟更娇，中国成为世界上最大的经济体之一，伟大的祖国巍然屹立在世界东方，中国成为美丽强国的代名词。您当年的预见完全实现了，我们向您保证：中国还会更加富裕强大！

在"五卅"运动96周年之际，谨以此文表示纪念，同时向方志敏等革命前辈表示崇高敬意，祝福伟大的祖国未来更加美好。

马兰花开，此爱绵绵无绝期

——追忆尊敬的邓小岚老师

今天，我们还沉浸在东航 MU5735 航班 3·21 空难悲剧中，突然从北京又传来噩耗，3 月 19 日下午 5 时许，邓小岚老师在河北省阜平县马兰村月亮舞台做音乐节准备时突发脑梗，经医治无效，于 3 月 21 日晚上 11：48 平静离世，享年 79 岁。

下面是阜平统一发出的邓小岚老师的生平介绍：

"邓小岚老师，1943 年出生于河北省阜平县城南庄镇马兰村附近的易家庄村，1970 年毕业于清华大学化工系，退休前在北京市公安系统工作。2004 年退休后来到马兰村教山村孩子音乐，默默坚守 18 年。今年 2 月邓小岚带领马兰花合唱团孩子们登台冬奥会演出。

"邓小岚父亲——当代杰出的新闻工作者邓拓，曾带领晋察冀日报社的同志们在马兰村生活和战斗过。缘于个人身世和父辈情结及对这片土地的热爱，邓小岚老师把退休后的大部分时间和精力投入到阜平，为当地脱贫攻坚、儿童音乐教育倾注了大量心血，马兰村发生了翻天覆地的变化。

"邓小岚老师先后荣获阜平'十大德信人物''阜平县荣誉公

民'称号；荣获'2011 北京榜样'称号；荣获'保定楷模·时代新人''保定市最美教师'称号。"

听到邓小岚老师病逝这个消息，我特别震惊与悲痛，因为我与小岚老师的特别缘分：我在她病倒前的最后一天（3 月 18 日）下午去了阜平马兰村，与邓小岚老师亲切会见，相谈甚欢。这才过去了 3 天，就发生如此大的变故，真让我悲痛无比。

3 月 18 日上午，我、才志、刘娟等在阜平出席一个重要活动，出席活动后，我与刘靖书记、占祥县长亲切话别，准备离开阜平，当时的天气由阳光灿烂转成下雪，雪花飞舞。由于我是乘坐晚上 7：30 从石家庄飞成都的飞机，还有些时间，因此我就提出来要到马兰村看看，见见邓小岚老师，听说也顺路，而且时间也来得及，路也好走。书记、县长就让常务副县长齐志国同志陪同我、才志、刘娟等一行前往马兰村。

从阜平职教中心到马兰村约一小时，我们在飘扬的雪花中到达马兰村，在村口受到了城南庄辛金亮镇长的热情迎接。我们在辛镇长的陪同下，参观了正在改建中的马兰村。马兰村，是原《晋察冀日报》的所在地，邓拓是报社的总编，邓拓等人在阜平游击办报，是新中国新闻事业的奠基人之一。邓小岚出生在阜平、寄养在阜平老乡家中，阜平是她的出生地，也是父辈们当年转战的地方，她对阜平有着深厚的情感。

小岚老师 18 年来一直继承她爸爸的革命志愿，每年数十次往返于北京与马兰，从不间断。她用心血教育出来的马兰花童声艺术团，在冬奥会上大放光彩。44 名优秀的马兰花合唱团成员，用希腊语在冬奥会的开闭幕式上完美演唱《奥林匹克颂》，震惊海内外，一举名扬天下。

我们在纷飞的雪花中在马兰村参观，看到当年那些先辈留下的奋斗足迹，再看看现在马兰村四通八达的高速公路，变化真是天翻地覆啊！高速路也是最近两年才开通，可想而知，过去交通如此不便，小岚老师长期坚持在太行深处的马兰村，一待就是18年，是多么不易啊！

参观马兰村后，我们经过了小岚老师自己设计的在马兰村的小楼——她一直住在这里，不久前才搬入马兰村统建的新居，新居更能御寒，而且地方大一些，生活与交通更加方便些。

我们在铁贯山下的公路行驶，很快经过早期的月亮音乐舞台与新建的月亮音乐舞台，这时外面的雪很大，气温已是零下，志国常务副县长与辛镇长询问我们是否准备下来看，因为天气越来越冷，他们担心我们穿的衣服不多而因此被冻，但我坚持下车，我要看看这个地方是如何培养出马兰花艺术团的。一下车感到非常惊讶，月亮音乐舞台都是条件很差的室外舞台，非常简陋，无论如何是无法与宏大的冬奥会开闭幕式的盛大场面联系起来的，但真真切切、确确实实，马兰花艺术团就是从陡峭的铁贯山下的这些简易舞台上成长起来的，这真让人佩服不已。看来无论如何，成功主要取决于自身努力，与环境关系不大，而且环境越艰苦，往往越能激发人的斗志。

激动人心的时刻要到来了，离开月亮音乐舞台后，我们很快要到马兰小学了，小岚老师已得到县、镇的通知，说我们要来，她在那里等着我们，她是昨天才从北京回来的。

我们在飘雪中来到马兰小学，这是在铁贯山下一个不大的院落，小岚老师在那里等着我们。我们一见面，志国常务副县长把我们介绍给小岚老师，说我们正在帮助推动阜平的产业发展。小岚老师与我们亲切握手，对我们的到来表示热烈欢迎，我们在马兰小学的音乐教室会见，这里曾培养出一批又一批的音乐儿童。我亲切地问候小岚老师，说我们久仰她的大名，特别是马兰花艺术团在冬奥会的精彩演出，让世界知道了马兰花艺术团，知道了小岚老师，小岚老师在马兰村扎根18年，在如此艰苦的条件下，在太行山深处创造出奇迹，告慰了我们的革命前辈，非常值得我们学习。小岚老师说，感谢你们对阜平做出的贡献，欢迎来到马兰小学。我们进行了长时间的亲切交谈，从日常起居到音乐教学，从月亮音乐舞台到冬奥会，从马兰村到阜平，从阜平到全国等，谈得非常亲切。小岚老师亲切的态度、平易近人的风格，让我们无拘无束。我们随行人员中有著名青年歌唱家高楠，她也是钢琴演奏爱好者，大家一起欣赏了她与小岚老师的共同演奏，新老二代艺术家的生动场面，深深感染了在场的每一位同志，但我们万万没有想到的是这个珍贵的场面竟是她生命中的最后一次会客。由于我要赶飞机，而且不能耽误小岚老师太多时间，我们与小岚老师留下合影后，就匆匆告别了。我们相约在秋天时节一起与马兰花艺术团相逢在阜平，一起庆祝阜平产业的发展。我们在下午2：15到达马兰小学，到下午3：00离开，与小岚老师会面持续了约45分钟。

到了机场后，辛镇长把小岚老师的微信推送给我，我加上了小岚老师的微信，我在机场候机时（18日晚上6：23）向小岚老师发出致谢的微信，感谢小岚老师在百忙之中的接待，祝她永远健康。小岚老师在晚上（18日晚上8：46）回了微信，大家互致问候，期待再见。回来后，一直想写一篇拜访小岚老师的回忆文章，资料已准备好，正准备动笔，没有想到噩耗传来，这篇文章也成了寄托哀思的悼文。

我们感到幸运的是，我们在小岚老师生命最后的日子里，在她愉快、清醒的时候，与她进行了一次亲切的交谈，这次见面成为我们生命中永远的鼓舞，是我们人生最为珍贵的机会之一，让我们终生难忘、终身受益，思念与爱绵绵无绝期。

我们感到不安的是，我们在小岚老师生命最后的日子里，仍然去打搅她原本已经高负荷的工作与生活。

我，仿佛看到小岚老师在马兰村头房间的灯火仍在闪亮；我，仿佛听见马兰小学音乐教室的歌声依旧嘹亮；我，仿佛看见冬奥会的灯火永远不灭；我，仿佛听到马兰花艺术团的歌声在全世界再一次响起。

我们向您保证，尊敬的小岚老师，您开创的马兰艺术之花，将由我们以一种新的方式来继承，我们将高举您的旗帜，续写阜平产业的新篇章，让产业的阜平马兰之花唱响各地，这就是我们对您最好的怀念！

安息吧，尊敬的小岚老师，马兰花会常开在山岗上，常开在阜平大地上，会永远盛开在祖国各地！人们对冬奥会的盛大场景会永远不忘！这比起您的父辈，是另一番宏图大业，是我们中国人心中永远的骄傲与思念。

父　亲

看到朋友圈密集的信息，太太又提醒，儿子来电话，儿媳与亲家发祝贺短信，我确信今天是父亲节。

在父亲节，自然想念自己的父亲，我的父亲离开我们已经15年了，那时他虚岁80。如果不是他有抽烟与喝酒的习惯，现在生活与医疗条件如此之好，他应该更加长寿些。

其实，我从来不叫父亲，而是习惯于叫爸爸。比起姐姐们与妹妹弟弟，我从小就跟着父亲南北转战，不过这个南北转战不是部队，而是乡镇供销社之间的调动，随着父亲工作地点的不断变化，我也经常随之变化，并因此经常转学。

在我小的时候，在我心目中，父亲就是家里的顶梁柱，是我们全家生活的唯一依靠，他很少言，很严肃，爱整洁，很勤快，对我各方面的管教很严，与我的交流也很少。我对父亲更多的是尊重，他的每一句话，我都视为指示，是必须要执行的。在我的心目中，只有母亲才是心灵的靠山。

长大后，逆反心理逐步形成，想脱离父母独立去外面的世界闯闯，父母只有含泪送我与二姐走上远赴内蒙古的漫漫之路。

分开后，更多的是相互间的思念，是不尽的牵挂，6000多里的遥远之路，走不完的三百六十五里路，是永远无法隔断的思乡情。

成家后，自己也成了父亲，对父亲就更多了一份理解，多了一份爱戴，因为父亲并不好当，父亲除了是一种尊称外，更多的是一种责任。

父亲年老后，对父亲的爱与日加深，看到他日趋衰老，想起他曾经为这个家庭的巨大付出，想起他对我的一贯教导，想起他青年的帅气与中年的英俊，想到与父亲在一起的日子会越来越少，想起我也终会有这一天，因此每一次回家，都盼望与父亲多聊一会儿，说说儿时没有在一起说的话。但每一次都行色匆匆，无法了愿，成为心中永远难解的遗憾，但父亲对我离家后的成长非常欣慰，常常引以为豪，这也减轻了我的自责心理。

如今，父亲早已长眠在他毕生生活的土地上，每年的清明时分，我也不能保证如期前往，但这并没有减弱我对父亲的那份思念之情。

今天，我们这个大家庭越来越大，年迈的母亲依然健康，我们五个兄弟姐妹的后代，无论在国内，还是在国外，都越来越好，越来越幸福。我们对父亲就更加思念，因为今天的一切，都离不开父母亲的养育之恩，离不开父亲的严格教导。

我想念父亲带领我们全家走过的那些虽然贫困但充满亲情温暖的日子。想念那些纯真的童年时代，想念父亲与我们一起走过的万水千山，想念父亲对我的教导，这些都是我们前行的动力。

思念，回忆昨天，但却为了明天，为了明天的更加美好；思念，不仅在心中，在梦中，更多地在自己的努力中。

传承，才能延续历史；努力，才能告慰于我们的前辈；奋斗，才能创造更加美好的明天。

民乐弄6号

周日利用在华东出差的机会，我们陪成都朋友驱车去浙江平湖老家，上海到平湖就一个小时的车程。见到了九十岁高龄的妈妈和大姐、二姐、弟弟、弟媳、妹妹、妹夫以及从美国回来的外甥，我们的到来让七十多平方米的小屋充满了欢笑。

妈妈虚岁九十了，气色很好，老人的健康是我们子女的福分。妈妈有轻微的老年痴呆症，她的记忆一直停留在几年前八十多岁，我们回去她很高兴，脸上一直挂着笑容，像小孩盼家里来客一样兴奋。一句话要唠叨几次，说完又忘了，老人失忆或许也是好事，以前的仇恨、怨恨全没有了，只有眼前的开心。

在平湖和亲人相聚后，我们和成都的朋友，在弟弟康元的陪同下，从平湖经独山，到黄姑镇（又称虎哨桥），既去品尝独山的海鱼，同时应成都朋友的提议，到我们老家——黄姑镇看看。

独山，又称新兴镇，是西乍线上一个重要的小站，依独山而立，是一个临海的小镇，也是黄姑镇重要的公路出口通道，从这里可以经西渡到上海，也可以经乍浦到平湖。独山离黄姑镇只有三里路。我曾经于 20 世纪 60 年代初期随爸爸在独山镇生活了两年多。那时小镇上只有十几户人家，驻军也在，临海而居，镇上很干净，空气清爽，虽然那时经济不发达，生活清贫，供给有限，但一切还是那样的舒服，一切还是那样的留恋。现在，驻军早已不见踪影，到海边的路也封了，建成了独山港，独山上也修起了一些建筑。独山镇的住户已有一百多户，已经成为独具特色的海鲜一条街，平湖、嘉兴与上海的客人，都会慕名而来。我们在弟弟的带领下，已多次亲自品尝或带朋友们来品尝海鲜，特别是海鱼的味道确实鲜美，对家乡口味的眷恋感觉其他口味真还没有能超过独山的。但独山镇零乱的规划，各自为政的局面，不整洁的环境，确实令人失望。这么一个临海小镇，如何下大力气统一规划，高标准建设，按照欧洲风格建成典型风格的小镇，那一定能成为一个著名的旅游目的地，那时真可成为经济发展的助推器。但这个梦想，是不容易实现的，改变存在已久的历史现状，触动各方利益，没有政府的大决心，任何人无能为力。

离开独山，我们很快就到了黄姑镇。黄姑，现在是一个大镇了，它并购了周围的公社，比原来的黄姑公社，要大两倍多。

与时代的变化同步，黄姑的变化是巨大的，改革开放，制衣与箱包业的发展，现代纵横交错的立体公路网，海港的发展，都极大地改变了这个海边小镇的面貌。

现在黄姑镇的热闹程度有点像县城，网吧、各具特色的连锁店、各种名牌店，在这里应有尽有，过去记忆中具有淳朴民风的黄姑镇已不见踪影，有的尽是现代的影子，但这现代又杂乱无章，混乱无序，缺乏文明的秩序。

过去有特色的黄姑老街没有得到很好的保护，实际已经完全凋零，只是还有一些铺面在开张，特别是一些茶馆，仍然热闹，但烟雾笼罩，打牌的吆喝声不断，这场面似乎想让我把记忆拉回到五十多年前。但无论如何，虽然有类似，但不相同，留在我记忆里五十多年前的黄姑茶楼的印象是美好的，虽然那时生活清贫，但一切有秩序，干净，环境不像现在这样。

在弟弟的带领下，我们很快就找到了原民乐弄6号，即我们家原来的居所。这个居所，我们家在1964年搬入，后在20世纪80年代末离开，迁入平湖，如果从入住起算，已经超过五十年。我在这里度过了五年多的时光，直到1969年6月去内蒙古，以后在兵团、上大学、工作、成家结婚探亲回来，都是回这个家。这个家，承载了我少年的梦想，承载了思乡的沉重，承载了千里之外的思念，经历了无数次久别重逢的欢乐，也经历了无数次分离的悲伤；经历了胜利的喜悦，也承受了挫折的痛苦；目睹了家庭的由衰变盛的历史，见证了时代的飞跃进步，社会的巨大变迁。我对民乐弄6号的家，充满感情，充满依恋，这是我感情上十分重要的驿站。我直到今天，对五十多年前的一切都记忆犹新，仿佛就在眼前。民乐弄，当时所处的环境是很难得的，不仅因为是新房子，更是因为独特的环境。我们家在民乐弄的最西边，黄姑中学的后门从我家边上过，黄姑中学与黄姑小学紧挨在一起，我们每天都能听到琅琅的读书声，给人永远的鼓舞，学校的设施与场地给了我们很大的活动空间。弄的门口是镇卫生院，看病只有几十米远，太方便了。弄的前面是黄姑塘，在河边洗衣淘米很方便。弄的旁边是充满风光的田野，走到田野，心情突然变得好起来。在那样的环境下，在那个时代，别提多高兴了。

站在南屋的窗下，思绪飞扬，往事浮现在眼前，五十多年的风云变幻，艰难岁月的历史记忆，如泣、如歌、如泪、如梦，一切都在眼前迅速回放，感情不能自已。这回忆，是对逝去岁月的深深留恋，是对爸爸、妈妈、大姐、二姐、妹妹、弟弟的深情想念。

太太与我一样激动，三十多年前，即1979年夏天，太太第一次与我一起回到黄姑，我们从绵阳上火车，经历了连续四十多个小时的颠簸到了上海，后又乘汽车、轮船几经周转到了黄姑老家。我们的小镇就一条街，街长几百米，宽就三米左右，街两面的居民一户挨着一户，每家人来了什么亲戚，吃什么左邻右舍都知道。街上码头的汽笛声一响，接亲人的家人就急忙跑过去，我们一到码头家里的人就接到了我们，邻居们露出惊讶的眼光，赵家儿子带回来了一个四川美女！

小平第一次到我们家，看见我们家人亲切善良，就把我妈妈叫"妈妈"，自己已融入了认可了这个家。尽管旅途十分疲惫，她马上就开始干活，挽起袖子到河边洗衣服，引得镇上邻居纷纷称赞。

1980年国庆，她第二次来黄姑，太太攒下了八百多元钱，我们一起从绵阳乘火车出发旅行结婚，经停南京、无锡、苏州、杭州、上海，最后回到家中，即民乐弄6号。旅途上很辛苦，也很快乐，有时也有些矛盾，矛盾主要是我的排场与她的节约经常发生冲突，但很快就会和解。这次我们是结婚，赵家娶到了四川的美女，给这个小镇不小震动。四川的女孩以她的美丽、青春、勤劳、善良、能干与清纯，给这个小镇带来一阵骚动和一股清新的风，邻居们纷纷议论、称赞与羡慕！她给这个家，给民乐弄6号，给爸爸妈妈与兄弟姐妹带来很大快乐。那时我们家经济条件很不好，我们家的房子十分简陋，家徒四壁，因为是平房地上很潮，家里也没为结婚特别准备，我们的床是两条长凳和竹板搭的，有洞的旧蚊帐和露草的旧草席。浙江的夏天特别热，蚊子又多，四川城市和浙江小镇生活上太多差异和不适应，没有自来水，河边洗菜、淘米、用水、刷马桶，没有厕所，只有马桶，而且不避人，但这一切她并不计较。当时太太家条件很好，人也漂亮，又是独生女，追太太的人很多，她当时在厂办当秘书，我就是一个家境很差的毕业不久的穷学生，追求她的人在很多方面的条件都比我当时好，但美丽青春的她，不为所动，她们家由于不了解我，开始也反对这门婚事，但她坚持选择我。

那个年代结婚，女方一般都向男方要彩礼，比如"三转一响"（既自行车、缝纫机、手表、收音机）和金银首饰，还有四十八条腿（所有家具）。我什么都没给太太，她一点都不计较，就连从学校毕业到单位报到的钱都是在太太那里借的。她看重人品不重金钱的品质令我和我们全家人十分感动、欣慰！我们志同道合，后来的实践证明，她当时的选择是正确的。从那时起太太就成为我们这个家庭中十分重要的成员，我们以她为骄傲，她以我们家为傲。这以后她时常回来，我们的儿子远远也在这里度过了他快乐的儿童时光。与我一样，太太对民乐弄的感情同样深厚，我们一起在南窗下再次留下珍贵的照片，这照片穿越三十多年时光，经历近四十年的爱情考验，爱情进入夕阳正红的温馨时代。

我和弟弟也在南窗下留下珍贵合影。1969 年 6 月，我离开这儿到内蒙古兵团，那时弟弟才六岁，或许他还不懂得很多事，思乡的路，是如此漫长，是如此沉重。年幼的他，当时一定还不知，但如今也快到退休年龄的他，在遍尝人生的酸甜苦辣后，也一定能够体会一个游子的心中梦想，也一定能珍惜与回忆在民乐弄6号所经历的平常而又激荡的峥嵘岁月。

我与成都的朋友在南窗下留下珍贵合影。这些朋友很简单，他们想看看我过去是在怎样的一个环境下长大的，从而对我诗作的背景有更深的理解，对我的事业与志向有更多的了解。

我们照相时，现周围的住户上来围观，他们亲切而友善的目光注视着我们，我们与他们亲切交流。或许他们永远无法理解我们这种深深的眷恋之情，也不知道过去在民乐弄曾经经历过什么，也不知道出去后在哪里，干什么，但有一点他们是明白的，那就是从民乐弄出去的人，心怀天下，闯荡四海，一定有出息，同时，这些人也深深热爱这个地方。

历史，不是为了回忆而回忆；历史，更多的是要告诉未来，告诉后人，我们应当举什么旗，走什么路。家庭的兴衰，是民族兴衰的缩影，只有国家的昌盛，才能有民族的复兴，而这一切只有改革开放，走人类共同发展的路线才能美梦成真。

历史，不是为了保存而保存；历史，更多的是要告诉大家，告诉后人，一切都不容易，一切更需要发展，在发展的同时，要保存好历史，保持好传统，要继承、发扬与光大。这既是对历史的尊重，也是对传统的尊敬，更是发展立足之根，发展命运之魂，千万不能丢。

历史，告诉我们，经济发展并不等于文明发展，只有协调同步，国家才能强大。要充分利用经济发展的实力，加快基础建设，加快环境美化，加快文明建设，加快与美丽世界接轨，才能获得普世的尊重，而软实力的建设，更需要很长的历史才能完成。

我们家从民乐弄走出，走向全国各地。爸爸在 2003 年已经过世，我们至今仍然很想念他，想念他带领我们在民乐弄度过的那些日子，作为父亲，家庭的生活重担始终压在他的肩头，他是家庭的顶梁柱，我们能有今天，爸爸是头号功臣。妈妈九十高龄仍健在，这是爱的奇迹，她的身体一直不好，时常生病，几次病危抢救，从死亡线上脱离，但现在身体越来越好，真是让人想不到，创造这个奇迹主要是几个子女，特别是大姐、二姐的精心照顾，这是最重要的原因。此外我们家离平湖中医院只有几步之遥，几次病危都抢救及时，平常看病也非常方便，这也是重要的原因。

我们五个子女都早已成家，妈妈与我们四代同堂，我们的后生代特别聪明能干，在祖国各地的岗位上挑起大梁，生活非常幸福，但我们都不会忘记民乐弄 6 号，不会忘记我们在民乐弄那些艰苦而快乐的生活，继承民乐弄的传统，光大民乐弄精神，在更大的范围内树立民乐弄品牌，是我们新的责任，也是更加崇高的历史使命。

指导员

指导员，名字叫张兆华，个儿 1.71 米，1939 年 12 月 26 日生，比我年长十六岁。

指导员，是正连职，一般兼任党支部书记，是专门做党务与政治思想工作的。

1969 年 3 月，指导员由北京卫戍区调到兵团，先任内蒙古生产建设兵团一师三团二连的指导员，后于 1971 年 3 月任兵团乌拉山发电厂一师施工连指导员，他始终是连队的灵魂人物。

在内蒙古生产建设兵团四年多的日子，我一直与指导员朝夕相处，生活在一起，他是我尊敬的首长，也是我人生道路上第一个最重要的启蒙老师。

我到内蒙古那年，还很小，只有十四岁，是二连副指导员王志信来浙江平湖招收知青时，把我招进来的。1969 年 6 月 18 日我们到达二连不久，即由指导员提名，让我当上通信员，从此就与指导员一直在一起。

在他眼里，我一直是个孩子，需要帮助、教导与爱护，他既是兄长，又像父辈那样关心我，他是我人生路上的大伞，始终有力地保护着我，让我健康成长。

有几件印象深刻的事，至今很难忘。

第一个印象是他的正派、直率、能力、亲和力与水平。指导员来自北京卫戍区，北京卫戍区是北京军区的王牌，没有水平与能力是进不去的。在那个年代，政治运动很多，一个接一个，指导员是党支部书记，因此他的报告很多，但他的报告一点也不枯燥，高超的演讲水平吸引了大家的注意力，大家都可以从他的报告中吸取知识与力量。同时，指导员待人亲切，平易近人，乐于助人，作风正派，敢于担当，维护下面利益，我们这些知青战友，都把指导员当作良师益友。指导员有时脾气急躁，爱与领导顶撞，容易得罪领导，这或许是他离开北京卫戍区来内蒙古兵团的一个重要原因，或许也是他离开二连调到一师施工连的一个原因。

第二件难忘的事是我的第一次探亲。

我记得来兵团后的第一次探亲，我与二姐及平湖战友胡森森同行，是在1971年10月。我们回家从内蒙古经北京、上海到浙江平湖，北京、上海是必经之地，指导员的家在北京，他本人是天津蓟县的，但爱人是北京人，在北京东郊电子工厂工作，因此家与孩子都安在北京。指导员的家住在北京东城区北新仓，他为了在北京接待我与二姐，提前半个月回北京安排。在列车上经历拥挤的一天一夜的艰苦后，我们到达北京，指导员在车站上热情地迎接我们，使我们倍感温暖，旅途的辛劳一扫而光。指导员接我们到他家住，指导员的家也只有一大间，这在当初的北京已经很好了，为了让我与二姐住在家中，他还把两个女儿送到北京亲戚家住。指导员的爱人王俊肖大姐，为人十分和蔼，待人十分亲切，我们一点也不觉得拘束。温暖的家，可口的饭菜，使我们没有了初到北京的陌生。第二天，指导员又陪着我们到北京逛，实现了我少年时想到北京天安门的梦想。指导员在我们临行去上海时，还给我们家带了一些北京特产，要我和二姐问爸爸妈妈好，指导员完全把我们当作自己人来接待。要知道，那时，指导员是我的领导，这样接待，一般人是做不到的，更何况他是领导，就是那些平常称兄道弟的战友，真正做到这样真诚接待的也很少很少。有些战友，在兵团时可能朝夕相处，像哥们儿，在我们路过北京时，也只是见个面而已，更不会让我们住到他（她）的家里，也不会抽出几天时间来陪我们。这件事让我十分感动，体会到指导员对人的深情与真情，几十年来，我时常想到这件事，想到我出名后，应该如何对待指导员，对待大家。

第三件难忘的事是到乌拉山。

1971年5月，根据兵团命令，一师组建施工连参加兵团乌拉山发电厂的建设，从一师的一、二、三、四、五团中，每个团抽调五十人，共二百五十人组建一师施工连，三团决定由指导员带队从二连抽调五十人代表三团参加一师施工连。这次调动，想去的人很多，但指导员把我作为最优先考虑的人选之一，使我在五十人名单中处于十分有利的地位。从此脱离农业连队，开始与工业、建设为伍，同时也为人生、为今天的光荣，打开了新的门。

第四件难忘的事是上学。

那时是推荐上大学，从1972年起，已经陆续有上大学的推荐名额，但都是临时由团部下达通知，由连队直接与院校见面，不像1973年那样大规模地、有序地组织。早在那时，指导员就开始考虑让我去上大学。由于1972年的名额少，而且院校要求高，我在那年虽与招生院校见了面，但没有去成。1972年开始，我就抱定读书的念头，1972年到1973年这一年，我们在包头第一热电厂实习。在繁忙的工厂实习中，我坚持学习与补习，为1973年的考试做准备，指导员一直支持我自学，而且多次要求大家向我学习。

在指导员的支持下，我参加了1973年内蒙古自治区统一组织的推荐高考，那年我们连有三个名额，我的考试排名在连的前三名中，全团（即电厂）有十五个名额，后来我被西安交通大学锅炉制造专业录取。虽然那年因张铁生的白卷事件，整个全国的招考有些反复与推迟，但原定的结果并没有改变。我能顺利上大学，除了自身努力外，指导员的鼎力相助是最重要的。而上大学，是我一生最重要的转折。

上大学后，我与指导员的见面就少了，但我们一直保持着通信联系。大学毕业后，我被分到四川工作，他也离开了兵团回到了原部队，在河北滦平县，升为营教导员，我们的联系一直没有断。

在20世纪80年代初，指导员带着师乒乓球队来成都比赛，特地来绵阳看我，我们一起吃了饭，合了影，照片上加了"久别重逢"四个字。以后他又转业回到了北京，在北京北沙滩一号的中国农业机械化科学研究院离退休办公室任主任，他从这个岗位上退休，退下来的待遇是正团级。

以后，在经历了岁月的磨炼后，我迅速成长起来：1985年我任副处职；1988年任正处职；1991年任副厅职；2000年7月，我被任命为信息产业部电子第十一设计研究院院长，正厅级。任命宣布后，我第一时间报告给指导员，他异常激动，逢人就说："我的通信员是正厅了，比我正处高，我太高兴了！"为此那天他还喝了很多酒，以示庆祝。

以后，我安排太太、妈妈等在北京与指导员全家见面，太太与妈妈一再感谢指导员对我的培养之恩，太太与指导员很说得来，性格很合。北京国家大剧院开业不久，我与太太专门陪指导员看了演出。

这些年来，我的各项荣誉越来越多，成为横跨多领域的领军人物，在国内的知名度越来越高，这始终成为指导员的骄傲，指导员一直以我的成绩为荣，经常向战友们讲我的故事。

指导员依然是兵团战友们的中心，当年的战友们，都已退下来，返回故乡，仿佛一切都回到过去，但内蒙古岁月留给他们的是一生的友谊与无尽的思念。无论是当年二连的，或是乌拉山电厂的；无论是北京的，或是浙江的，或是天津的知青，他们都把指导员当作永远的首长，永远的联系桥梁，指导员通过与他们见面，时常传递我的情况。

我每年都要去看指导员，看他的爱人，这不仅仅是深深的感恩，更多的是对那些逝去岁月的无限眷恋，是对历史的尊重。无论再优秀的人，再出色的成就，总是一步步过来的，忘记了过去，就意味着背叛。

我记得在那些艰苦的岁月里，自己如何走过，指导员又如何帮过，战友们间又如何爱过。

指导员这个称谓，我与战友们一直这样叫着，不管指导员的实际职务发生什么变化，我们都这样叫。这样叫，最亲切；这样叫，最自然；这样叫，最真挚。

指导员，是我生活上的依靠，人生的导师，尊敬的首长，亲密的战友，是我敬爱的兄长，似父辈式的家长关爱着我。岁月可以逝去，但过去的记忆永在，我时时想起过去，想起自己的成长，想起指导员的殷切期待，想起那些无法忘却的岁月。

我与指导员的友谊已经保持了整整四十六年之久，这在生活中不常见。我时时想念他，想念他带着我转战各地的情景，想念我们一起度过的峥嵘岁月，想念那些虽然生活贫困但感情真挚的年代。我时常感恩那个年代，感恩指导员，没有他，没有那个年代，没有那个年代的艰苦锻炼，就没有我的今天。

每当辉煌不断光耀着我的时候，我就会想起自己的过去，想起指导员对我的帮助。

我仍然会常去看指导员，看看战友们，或许我还会继续忙，或许这一生注定难以停下来，每次到北京也往往是行色匆匆，与指导员在一起的时间很短，战友们也是偶尔见面，更多的是听说。但我的心与指导员永远在一起，与战友们永远在一起，与那些逝去的光荣岁月永远在一起。

姐　姐

　　我在家排行老三，前面两个是姐姐，大姐比我大五岁，二姐比我大三岁。由于连续生了两个女儿，而伯母与婶婶前两胎生的都是儿子，20世纪50年代，传统的重男轻女现象严重，因此奶奶给妈妈受了很多气，说了很多不好听的话，爸爸也因此抬不起头来。我就是在这种时刻出生的，我的出生给爸爸妈妈带来无限的欢乐，也给姐姐们带来新的快乐。

　　记得小时候，我体弱多病，妈妈经常带着我四处求医。爸爸忙于工作，无暇顾家，两个姐姐经常吃了上顿没有下顿，吃了很多苦，她们与妈妈一样，希望我早日康复，同时也盼望有一个稳定的生活环境，有妈妈的照顾。后来，在妈妈坚持不懈的努力下，在上帝的保佑下，我终于慢慢地治好了病，成为一个健康的儿童。

　　小时候，全靠爸爸一个人工作养家，随着妹妹、弟弟的出生，全家的生活越来越显得捉襟见肘，但姐姐们都知道爸妈的心愿，千方百计让我吃好、穿好，而她们自己则往往节衣缩食，生活十分简朴。20世纪50年代到60年代初期，社会正处在大发展阶段，"大跃进"、三年自然灾害、"四清"等，社会动荡不安，我们的家也是跌宕起伏，始终处在变化中，不是下放，就是调动搬家，很少有安定日子，我又时常随爸爸离家，住在爸爸的工作处。周末，成为我最快乐的时光。我可以离开爸爸的严格管制，回到妈妈身边，与姐姐们相聚，与妹妹弟弟相处。妈妈与姐姐们往往也是在周末，坐在家门口，热切地等着我回来，我一到家，全家顿时充满欢乐气氛。直到现在，我仍然怀念那个虽然贫困但却充满欢乐的年代，仍然怀念那些与姐姐们一起，围绕在妈妈身边的无忧无虑的快乐童年。这种日子，一直在分分合合里延续着。"文化大革命"前，我们一家结束在外地的漂泊，回到出生地黄姑镇。那时印象最深刻的是两件事，第一件事就是每年夏秋季，镇上的棉花厂招收季节工，如果妈妈没有被录取，她会因此流下眼泪，我们也会抱怨不公；另一件事就是，在炎热夏天的傍晚，当时没有空调，全家人挤在三十多平方米、通风不畅的民居，炎热不能眠，因此就在家门口或路桥的公共场所抢位子，铺席子，在户外度过酷暑之夜。听大姐津津有味地讲引人入胜、惊险刺激的反特故事，就是我们在夏日夜晚最大的期盼了。在户外凉席上听大姐讲这种故事已成常事，就有了一种对大姐特别崇拜的感觉，她怎么懂得这样多，又讲得这样好呢，简直就是我心目中的女神。

不久，"文化大革命"开始了，很快就席卷全国，连我们这样的小镇也难以例外，各种大字报铺天盖地，贴满全镇，一个个所谓的"走资派"被揪出来批斗。那时，大姐已参加工作，在镇文化站工作，二姐是中学的红卫兵，我也因缩短教育学制没有读小学六年级而提前一年进入中学，很快与两个姐姐一起参加"文化大革命"运动，无知而忙碌。但很快，革命就革到自己头上了。一天，我突然发现在镇上的醒目地段，贴出了针对爸爸的大字报，我飞似的跑回家，看到两个姐姐已经在家悲伤地哭泣，原来她们已经知道了。从此，她们再也没有过去的热情，并且很少上街，爸爸的事让她们，也让我，让妈妈，让全家抬不起头来。进入"文化大革命"的中后期，主席发出号令："知识青年到农村去，到边疆去！"伟大领袖的号召，很快在我们江南小镇形成一股浪潮。出于对"蓝蓝的天上白云飘，白云下面马儿跑"的深情向往，同时也缘于对持续不断的政治运动的厌倦，我渴望支边，向往过一种新的生活。在大姐的努力下，我获得了去内蒙古建设兵团的名额，她说服自己的战友——中学校革委的领导同意放行，因为我实际上还没有毕业，中学只是刚开课三个月，其他时间都是在闹革命。录取时，妈妈对大姐满肚子意见，儿子要到六千多里外的内蒙古，她心中有千万个不愿意，无奈，我去意已定。在录取后，我去乡下看望已经插队落户的二姐，告诉她这一情况，没有想到，二姐坚决要求也去内蒙古，我劝她别去，一家走两个，妈是不会同意的。哪知，二姐的态度十分坚决，一定要去，并连夜与我返回家中做准备。那时，我真是后悔极了，后悔自己不该提早告诉她。我去内蒙古的风波未定，二姐又决意去，这是在妈妈心头上撒盐，爸爸由于自己麻烦缠身，无话可说，但我的心中充满痛苦。临行前的那些日子，看着妈妈时常向年幼尚不懂事的弟弟发无名火，她每打在弟弟身上一下，都会让我的心疼一下。告别的时候终于到了，在全镇的欢送会上，我第一次上台，代表赴内蒙古知青讲话，戴着光荣花，与亲爱的爸爸、妈妈道别，与充满期待的大姐道别，与年幼尚不懂事的妹妹、弟弟道别，心中一片惆怅，一片空白。就这样，我和二姐一起奔向了六千多里外的内蒙古，奔向不可预测的未来世界。从那时起，我与二姐的关系，除姐弟外，又多了一个响亮的名字——战友。

在内蒙古，除了生活艰苦外，最大的问题是思乡。虽然二姐与我在同一个连，朝夕相见，但这丝毫不能减弱我对爸爸、妈妈、大姐、妹妹、弟弟的思念。家中的信一律由大姐执笔，每当收信时，我都与二姐急切分享，抢着看信，仔细读着信中的每一句、每一字。大姐总是宽慰我们，说家中一切都好，其实，我们已经从别人那里，知道了爸爸的状况在变坏，全家，特别是大姐承受着最大的压力，家庭内外一切都靠她顶着。尽管家中困难重重，她却想尽办法全力照顾我们，节衣缩食，把钱省下来，不断给我们寄来各种补品和营养品……儿行千里母担忧，可我知道，担忧我们的不仅仅是妈妈，还有大姐默默而深沉的关爱。而每次寄来时，二姐总是一样不要，全给我，我那时才十四岁，还是长身体的时候，她有照顾我的责任。事实上，她也不过是个十七岁的女孩子。到内蒙古两年后，第一次探亲的时间终于到了，对远方亲人的无穷思念，终于可以释放了。那时，我与二姐已经分开，我离开原先的连队（即一师三团二连），参加兵团乌拉山发电厂的建设，但还是在同一条铁路线上。探亲时，我们一起回家。那时，连队实行的是供给制，每月只有几元钱津贴，细心而节俭的二姐还是省下不少钱。她在火车上盘算着到上海时，给爸爸买什么，给妈妈买什么，给大姐买什么，给妹妹弟弟买什么。那时我在工业连，条件比在农业连的二姐要好得多，但我基本上分文不剩，相比二姐，一阵阵愧疚涌上心头。特别是为在上海买东西有了分歧，还在回家的路上与二姐闹别扭。我们一前一后到家，家里人也感到奇怪与不解，但到家的欢乐，几年不见的无限相思使这一切很快过去，二姐也从不计较我的任性。我当时想，在第二次一起探亲时再弥补，想不到探亲后的第二年，我去西安读大学，以后再也没有机会与二姐一起探亲，在第一次探亲时对二姐的冒犯，我再也没有机会弥补，直到今天仍然成为我心中永远的歉疚。

以后，我上了大学，全家人都沉浸在一片欢乐之中，特别是两个姐姐一直为我骄傲。家中的情况也随着国家形势的好转而变化着。二姐从内蒙古兵团病退回家，妹妹也考上学校，弟弟也工作了，家中除我之外，又都在平湖生活了。姐弟五人也都先后成了家，各自的家都会分去许多爱。但大姐与二姐对我的感情始终如前，随着我的职务越来越高，权力越来越大，荣誉越来越多，除了赞誉外，更多的是听到大姐、二姐叮咛的话语，要我一定保持清醒的头脑，坚守自己的底线，她们宁愿看到平安健康的弟弟，而不是昙花一现的弟弟。她们用自己的一生尽心尽力照顾着爸妈，无怨无悔地支持我在外地成长发展。她们对我从来无所企求，只希望我幸福平安。在充满各种诱惑的市场经济大潮中，大姐、二姐的嘱咐时常萦绕在我耳畔，而我只能努力去实现自己的人生诺言，做爸爸妈妈光荣的儿子，做姐姐们骄傲的弟弟。

对我而言，大姐是我的人生导师，生活的楷模，终生的榜样，没有她，我不可能踏上去内蒙古的道路，没有内蒙古的锻炼，就没有我的今天。

对我而言，二姐是我亲密的战友、知己和朋友，我们是无话不谈的姐弟，她虽不是我的导师，却是我一刻也不想分开的好姐姐。

没有大姐二姐的完美组合，没有她们做中流砥柱，我们的家庭不会有今天的兴旺，我的事业不可能有今天的成就。姐姐们用一生的心血，一生努力，上顾爸妈，下扶弟妹，托起整个家庭。虽然我们的家庭也是社会千千万万家庭中的一个普通家庭，然而，正是姐姐们用自己朴素而高贵的品格与无私的爱和奉献，才使我们这个家庭兴旺，有助于社会和谐。

　　年迈的妈妈，早年一直身体不好，但在姐姐们的精心照料下，如今八十多岁高龄，依然健康，这是个奇迹，是爱创造的奇迹。亲爱的大姐二姐，作为妈妈的儿子，你们的弟弟，我时常为你们的付出感动得不能言表。

　　亲爱的姐姐，尽管我们将渐渐地老去，但我们的爱将与日月同辉，与山河同在，我多想回到那个我们无忧无虑的童年时光，如果有来世，我们一定还要在一起，请你们再做我的好姐姐。

听妈妈讲那过去的故事

记得在 20 世纪 60 年代初期，为了精简城镇人口，减轻政府压力，连我们这样小镇上的人也被下放到附近农村。我们家除我爸爸外，全部被下放到农村。虽然只有短短两三年时间，很快又落实政策回到小镇，但短暂的农村生活给我的一生留下了难忘的回忆。

那个时候，我只有周末与寒暑假才能回到农村的家，与妈妈和姐妹们相聚。平时为了减轻家中压力，同时也为了让我有较好的上学条件，我与父亲一起在镇供销社生活，与父亲同睡一张床。表情严肃、管教严厉的父亲给我的空间很小，很不自由，几乎没有自己独自外出的机会。我时常凝望着窗外，看着外边自由自在奔跑的儿童，渴望有个自由的空间。在那个年代，父亲他们白天工作，晚上则是不停的政治运动与政治学习。父亲不放心晚上把我一个人留在门店里，因此晚上，我得跟着与大人一起学习，一起听他们念报纸，偶尔也由我来念一段。我每天晚上在这种枯燥乏味的程式中，总是困得要命，真是一种折磨。因此，我特别想念周末，因为周末我可以回到农村的家中，回到妈妈的身边，与姐妹们一起快乐地玩耍，同时看看刚出生不久的弟弟，在家中享受自由的幸福，体会家庭的欢乐，感受妈妈的爱抚，呼吸农村的新鲜空气，享受无拘无束的快乐生活。

那时候，我家就在大队部旁边，是两间很大的草房。虽然是草房，但很新，是临时为我们落户而新修的，防雨功能好，又很宽敞，所以感觉很好。因为挨着大队部，人气很旺，每天晚上都有文艺排练与演出，还有各种会议，人来人往，熙熙攘攘，十分热闹，社会主义新农村的各种新鲜事都能从中获得，各式各样的时尚新歌都能在这儿听到学到，生活在这样一个环境下，我别提有多么快乐了。特别是家中来客时，更是热闹无比，妈妈因此要改善伙食，客人们到来，又增添了欢乐的气氛。童年时，特别盼来客，尤其盼妈妈的干女儿秀英姐姐来家中做客。她不仅美丽善良，而且和姐姐们的年龄差不多，跟我的年龄也很接近，玩得到一起，每次她走时，那种惆怅与失落的心情很难用语言来表达。

最难忘的，还是与那些小伙伴在一起，在大队的堆谷场，在皎洁的月光下，听妈妈讲那过去的故事。不是讲地主剥削我们，而是讲历史人物，讲神话故事，讲成语经典，我像着了迷一样，跟着这些故事走进历史，走进传说，走进英雄人物的生活，走进真善美的世界。我当时就想，总有一天，我要带着妈妈的故事，带着妈妈的善良愿望，也成为一个故事中的人物，成为妈妈光荣的儿子。就这样，在那些皎洁而美好的夜晚所听到的故事，成为我童年心中的目标，成为一生的理想，成为一个新故事的开始。

此后，我逐渐长大，怀揣着童年的理想，牢记着妈妈讲过的故事，去北国圆梦，开始经历人生的艰苦征程。在经历了无数岁月的磨炼后，我不断实践并努力缩短着妈妈在故事中提到的那些英雄和人物的标准。我的一些成就，也成了妈妈新故事的内容，讲给后一代听，家乡的领导也经常以我为荣，这给妈妈带来莫大欣慰。

光阴似箭，一晃就五十多年了，如今妈妈已是八十多岁高龄的老人了，父亲离开我们也已经多年了，我们时常想念父亲，但妈妈的健在是我们最大的幸福。虽然妈妈已经不能够像过去一样继续讲故事，但我每一次回家，都会想起当年妈妈讲故事的情景，都会想起妈妈充满期待的目光，都会看到妈妈自豪与满意的神情。

亲爱的妈妈，您的故事还没有讲完，我多想再回到那个童年时代，回到您的身边，回到那个虽然贫困但意气风发的年代，回到那个空气清新、月光皎洁、山清水秀的美好大自然，回到那个无忧无虑的天真年代。然而，历史不能回转，只能前进，过去的事只能回忆，但不能再现。虽然我多么愿意再一次聆听妈妈讲那过去的故事，但这个讲故事的责任应该落到我的肩上。我应该接过妈妈交给的棒，把故事讲给我的后代，一代一代，永远讲下去，把责任勇敢地承担起来，更加丰富故事的内容，更加丰富人生的精彩，让妈妈的愿望得到更好的实现，让心中的故事永远延续！

花木兰

从儿时起，一首熟悉的红歌总在耳边响着，这就是《红色娘子军连歌》，其中的"古有花木兰，替父去从军，今有娘子军，扛枪为人民"可谓家喻户晓，几乎人人会唱，也深刻地印在我们童年的记忆中。

上周日，我与太太去影院看了由华特·迪士尼影片公司出品的真人版剧情电影《花木兰》（英文名：Mulan），由妮基·卡曼执导，刘亦菲、甄子丹领衔主演，巩俐、李连杰特别出演，李截、安柚鑫主演。影片于 2020 年 9 月 11 日在中国内地上演，部分国家 / 地区上线迪士尼。该片根据迪士尼 1998 年同名动画片改编，讲述了花木兰女扮男装代父从军、勇战柔然的故事。

花木兰，中国古代巾帼英雄，忠孝节义，代父从军，击败入侵中华民族的侵略者而流传千古。事迹流传至今，先后被拍成多部电影、电视剧以及编成歌舞、豫剧等。唐代皇帝追封花木兰为"孝烈将军"。

花木兰，最早出现于南北朝一首叙事诗《木兰辞》中，该诗约作于南北朝的北魏，最初收录于南朝陈的《古今东录》。僧人智匠在《古今东录》称："木兰不知名。"长300余字，后经隋唐文人润色。

公元429年，北魏破柔然之战，正史对于这场战役有3个行军记载切合了《木兰辞》提及的地名。北魏时期，北方游牧民族柔然族不断南下骚扰，北魏政权规定每家出一名男子上前线。但是花木兰的父亲年事已高又体弱多病，无法上战场，家中弟弟尚幼，所以木兰决定替父从军，从此开始了她长达十几年的军旅生涯。女扮男装，戎马生涯，是多么不易啊，但花木兰还是完成了她的使命。在10多年后凯旋，皇帝因为她的功劳大，赦免其欺君之罪，同时认为她有能力在朝廷效力，任得一官半职。然而花木兰因家有老父需要照顾拒绝了，请求皇帝能让自己返乡，去补偿和孝敬父母。

由此可见，有确切的史料作证，花木兰的事迹是真实的，是感人的，是留芳史册的，花木兰无愧于中国古代最有名的四位巾帼英雄之一（古代四位巾帼英雄分别是花木兰、樊梨花、穆桂英、梁红玉）。

迪士尼花巨资（1.5亿美元）拍摄的电影《花木兰》，基本尊重了这个历史事实，但更多的是加入了神话（巫女）与武打，大量植入现代元素，采用了一些西方的表现方式，试图实现东西方文化的融合，尝试用现代手段表现古代题材。虽然这部好莱坞版的《花木兰》在国内评价或许并不高，但刘亦菲、甄子丹的表演，特别是刘亦菲精湛的武艺与年轻的形象还是给大家留下了深刻的好印象。还有影片的国际化制作，现代化的表现手法，大手笔的拍摄场景，精彩的武打场面，一大批国际影星的加盟，都使这部电影浓墨重彩，国际化的味道很浓。

过分追求神化，过多植入武打的场面，使影片有些脱离了故事的真实性，这与国内以往有关花木兰的影视作品有很大不同，因此受到了大家的一些质疑。但由于这部新版《花木兰》更多地注意了国际化，用多国语言制成，国际市场更大，且在国际上已推开，影响力很大，这对于宣传中国真实的古代巾帼英雄更有效果。这么好的故事情节，众多的国际影星，这么大的制作，这么精彩的武打场面，真的可以让人大饱眼福，想看的人是多的，受众面很大。

虽然各方对新版《花木兰》的评论不一样，但影片基本忠实于事实，对中国的"忠勇真孝"的传统理念也是肯定的，影片的国际影响力肯定超过以往片子，从这个角度讲，新版《花木兰》是成功的。1.5亿美元的投资，上映两天就取得了1.22亿元的票房收入，商业上不会失败，除了电影本身的票房收入外，"花木兰"带来的游戏、文化主题乐园等周边才是其主要收入来源。而且，通过这部大制作，花木兰这一杰出的中国古代巾帼英雄将更加深入人心，更加家喻户晓。

百花才能齐放，推陈才能出新。文艺百花园，只有允许不同风格的作品存在，才能更加繁荣、更加兴旺；文艺百花园，只有允许人们大胆探索，勇于创新，才能更好地面向国内、国际两个市场。艺术，没有统一的标准，仁者见仁，智者见智，要允许不同风格的艺术存在。

花木兰，不仅是中国古代的真实故事，更是现代中国可寻见的光辉榜样。电影《战火中的青春》，就是根据解放战争时期的真人版的花木兰——影片中的女主角、副排长高山的原型郭俊卿的真实事迹而拍摄的。

14岁时，她化名为郭富，虚报了年龄，也改了性别，以一个男孩子的身份参加了八路军，两年后由于表现突出，还入党并提拔为班长。1950年8月，郭俊卿因伤住院被军医发现她女扮男装后，名扬四方。人们都认为她是现代花木兰，她被授予"全国特等女战斗英雄"。她受到了毛主席等党和国家领导人的亲切接见，还作为中国青年代表团成员访问苏联，受到莫斯科东方大学学生的热烈欢迎。回国后，她被保送到中国人民大学学习。

我们应当欢迎外资投拍更多题材的中国古代片，只要片子忠实于历史事实，对弘扬中国优秀文化有好处的，我们就不必求全责备。这次新版《花木兰》的上演，肯定在全国乃至全球掀起一股新的花木兰热，从而使花木兰的伟大民族精神更加深入人心，而当前我们正在面临百年未遇的大变局，弘扬忠孝与保家卫国的精神是非常重要的，对推动当前的发展只有利而无害。我们应当推出更多的中国古代杰出人物，以更好地鼓舞我们现代人为实现我们的梦想而努力奋斗。

往事并不如烟

这些日子，利用中午的休息时间，一直在看48集电视连续剧《外交风云》。这是一部非常成功的电视剧，其剧本的真实性、以唐国强和孙维民等为主要演员的强大演员阵容、精彩的演技、生动的历史情节，生动地展示了毛主席、周总理及陈毅等老一辈无产阶级革命家卓越的外交风采与人格魅力，展示了新中国艰苦的外交历程，让人深受教育与鼓舞。到今天为止已看到38集，还有10集就要看完了，这几集正好讲当年中美关系的破冰过程，联想当前中美关系的困境，不禁心潮难平。

中美关系的破冰，发生在特殊的历史时期。当时，一方面，美、苏两个超级大国实力相当，美苏两霸争霸世界、矛盾冲突日益尖锐，军事对抗的可能性日益增大；另一方面，中、苏的关系由于珍宝岛等领土纠纷，矛盾日益加深。在这样的背景下，在美、苏、中三个大国中，中美开始互相接近，孤立苏联，演绎现代史上的三国演义。另外尼克松急于结束越南战争，也需要得到中国的支持，因此中美破冰、结束20多年来的敌对状态，成为中美两国的共同愿望。

中美关系的破冰，是小球转动了大球。中国运动员出席在1971年3月底到4月初在日本名古屋召开的第31届世界乒乓球锦标赛，打开了开放的大门。而美国乒乓球运动员科恩误上中国运动员汽车、庄则栋机智把握机会，力促成小球转动大球。

中美关系的破冰，是双方释放了诚意。中国释放了误入国境的美国青年学生，邀请美国著名作家埃德加·斯诺访问中国并在1970年10月1日国庆节登上天安门城楼等，同意邀请美国乒乓球队访问中国，周总理亲切接见乒乓球队全体成员等；美国同样释放了善意，主动提出美国乒乓球队访问中国、尼克松在1971年1月5日主动传口信给巴基斯坦总统叶海亚，通过巴基斯坦安排基辛格在1971年7月9—11日秘密访问中国。而在1971年10月25日联合国大会第26届会议第1976次会议上，以76票赞成、35票反对、17票弃权的压倒性多数通过"恢复中华人民共和国在联合国组织中的合法权利问题"，这就是联合国2758号决议。当时基辛格正好结束在北京的第二次访问踏上回国的途中，别人问他在本届联大中国是否能加入联大，他说明年差不多，但实际上此时联大已通过接纳中国的决议。这说明当时，就世界发展趋势而言，让中国进入世界外交舞台中央的呼声很高。

中美关系的破冰，由一代伟人推动。毛主席、周总理、尼克松及基辛格，作为中美关系破冰的主要推动者，建立了不朽的历史功绩。毛主席在外交部初审未同意的情况下，决定同意邀请美国乒乓球队访华，表现了毛主席对中美关系破冰的远见卓识；毛主席、周总理批准中国乒乓球队在时隔两届轮空后参加第31届世乒赛，表示中国要坚定地走出去的决心。毛主席、周总理，在如此艰难的情况下全力推动中美关系破冰，最终实现尼克松总统在 1972 年 2 月 21 日成功访华，轰动世界，表明了毛主席、周总理的超人智慧。尼克松总统在中美关系破冰方面，同样表现了善意。就在周总理亲切接见美国乒乓球队的当天，尼克松宣布结束对中国长达 20 多年的经济贸易禁令，尼克松为中美关系破冰做出了历史性贡献。特别令人敬佩的是，毛主席、周总理在推动中美关系破冰时，国内正值"文革"后期，面临百废待兴、各方矛盾错综复杂的困局，而且毛主席、周总理那时都年事已高，是在生命的最后几年完成中美破冰这一伟业的，其中的难度可想而知，他们共同为中国、为中美、为世界留下了巨大的政治遗产。

中美关系的破冰，改变了整个世界。1972 年 2 月 21 日上午，尼克松访华到达北京，下午毛主席在中南海会见尼克松总统，两位巨人历史性握手，他们改变了世界。中美双方于 2 月 28 日在上海发表著名的《中美联合公报》，开创了一个全新的时代。尼克松 1972 年访华后，中国迎来与西方大国建交的热潮，中国与日本、德国、澳大利亚、新西兰等国陆续建交，外国首脑访问中国也成为一股旋风，中国在世界舞台上开始进入主流。在中美双方的共同努力下，特别是在邓小平同志与卡特总统的推动下，中美终于在 1979 年 1 月 1 日建立正式外交关系。1979 年 1 月 29 日—2 月 5 日，应卡特总统邀请，邓小平同志成功实现访美。这是中国高级领导人第一次访美，开创一个新的历史，受到卡特总统与美国人民的热烈欢迎。

中美破冰开创了新的历史，中美建交开创了一个新的时代，中美合作惠及两国、造福世界，中美合作 40 年与改革开放的 40 年同步，如果没有中美关系的改善与建交，很难想象我们在改革开放中会遇到什么样的困难。

中美两国合则双赢，斗则两败，这已为 40 年的实践所证明。目前在美国极右翼势力主导下，中美关系出现一股巨大的浑水浊流，试图开历史倒车。但这股浊流总有一天会被滚滚清泉所代替，由毛主席、周总理、邓小平与尼克松、卡特等多任有远见卓识的美国总统共同开创、培育的中美合作与友谊，一定会重新回来。因为中美的发展需要双方的合作，世界的发展需要中美的合作，需要世界的合作，这是任何人都无法阻挡的。

往事并不如烟，往事如此亲切，往事历历在目，往事如此值得珍惜，往事改变了历史，往事让后人永远牢记。

女排精神，永放光芒

——看电影《夺冠》有感

　　昨晚在海宁，由于参加会议与晚宴后已很晚，就没有回到无锡，住在海宁了。晚上与凯军、小曾一起去看最新上映的电影《夺冠》。

　　这部电影所讲述的中国女排的故事，是我们熟悉得不能再熟悉的事了，因此对这部电影有一种特别的亲切感。

　　电影从 20 世纪 80 年代初讲起，讲述了从改革开放至今，中国女排在袁伟民、陈忠和、郎平的带领下，一路奋进的动人故事，特别是郎平，先是作为主力队员，后又成为主教练，她以这样两种身份为中国排球事业做出突出贡献。

　　中国女排在自己成长的道路上，取得了一系列辉煌的荣誉：

　　1981 年日本世界杯赛，中国队在袁伟民的带领下，以七战全胜的战绩首夺世界冠军，其中最后一场就是 3 : 2 力克日本队。

　　1982 年在秘鲁举办的第九届排球世锦赛获得冠军。

　　1984 年洛杉矶奥运会，中国女排第一次站上了奥运会的最高领奖台。

　　1985 年世界杯赛，中国队首次作为卫冕冠军出战世界大赛，依然如四年前一样，以七战全胜的战绩成功卫冕，最后一场 3∶0 拿下美国队。

1986 年世锦赛，中国队完成世界大赛五连冠，决赛以 3∶1 拿下当时已经开始崛起的古巴队，缔造了 20 世纪 80 年代最后的辉煌。

2003 年世界杯赛，中国女排重塑辉煌，以 11 战全胜的战绩夺冠，时隔 17 年再次获得世界大赛冠军。

2015 年女排世界杯最后一场比赛中，最终经过四局的较量，中国女排 3∶1（25∶17、22∶25、25∶21、25∶22）战胜东道主日本队，以 11 战 10 胜 1 负积 30 分的成绩夺得冠军，时隔 12 年再夺世界杯冠军。郎平第 3 次获得世界杯冠军，但这次是坐在主帅的位置上。

2019 年，郎平成为中国女排的神话，在她的带领下，中国女排迎来第 10 个世界冠军，这次是她第 4 次获得世界杯冠军。她在运动员生涯 2 连冠，在教练员生涯业已实现蝉联，可谓史无前例，令人钦佩。

女排精神，是与中国改革开放相适应的一种拼搏奋进的伟大精神，中国在经济发展上长期落后于世界先进国家，改革开放打开了中国通往世界的大门，中国看到了世界发达国家的水平，看到了自己的差距，激发了追赶的紧迫感，中国女排精神正是让全国人民看到了希望，振奋了全国人民的斗志，成为鼓舞中国人民在"四化"道路上奋进的强大动力。

女排精神，是一种顽强的拼搏精神。"人生难得几回搏"，今生不搏，更待何时？此时不拼，就没有机会了。平日出大汗锻炼，战时抓住机会拼抢，练就一身过硬本领，关键时候才能发威。苦练，造就女排精神；从严，铸就钢铁意志；拼搏，成就一代伟业。

女排精神，就是祖国荣誉高于一切的精神。为国争光，为国打球，祖国荣誉高于一切，集体智慧战胜一切。在那个我们还落后的年代，没有多少国家能够看得起我们，但中国女排为国扬威，为中华民族争气，用排球打出荣誉，打出一个新世界。

女排精神，今天我们更加需要。女排精神，今天仍然闪光，今天并没有过时，我们仍然需要这种精神，特别是美国在关键技术领域不断打压我们的情况下，尤为必要。虽然领域不同，但拼搏奋斗的精神是一样的，如今我们更需要一种骨气、一种勇气、一种永往直前的精神，这就是女排精神。

向袁伟民、陈忠和、郎平、孙晋芳、张蓉芳、周晓兰、陈招娣、冯坤、周苏红、赵蕊蕊、朱婷等一代又一代的中国女排人致敬！他们身体力行地传承着"女排精神"，这是远远超越了体育范畴的宝贵精神财富，彰显着一个民族的强大生命力和感召力，它将永远激励着中国人民。

女排精神，永放光芒。

［第四辑］

域外游踪

一个城市的灵魂

—— 萨尔茨堡市印象

　　一个城市，以什么来吸引游客，又以什么来代代相传呢？在访问了奥地利的萨尔茨堡后，答案越来越清楚了。

　　萨尔茨堡是由德文的"盐"和"城堡"组合而成的名字。萨尔茨堡，因其山中蕴藏着盐矿，而且有美丽的"萨尔茨河"穿城而过，故得此名。现在，萨尔茨堡市是旅游的热门城市，每当旅游旺季时，游客如织，车水马龙，热闹非凡。萨尔茨堡这座城市充满魅力。

　　萨尔茨堡市是奥地利第四大城市，有着悠久的历史。历史是一座城市发展的记录，是城市发展的沉淀与积累。历史愈久，就愈有吸引力。

　　萨尔茨堡市有千年以上的历史，其古城堡在1077年开建，历经数百年才建成，萨尔茨堡古城在1996年获联合国教科文组织授予的"世界文化遗产"称号。由近乎陡直的缆车到达高处的古城堡，萨尔茨堡市的美丽全景尽收眼底，美丽的阿尔卑斯山与多样风格的建筑辉映，如同一幅美丽的图画。清澈的萨尔茨河穿城而过，新老城风格各异，熠熠生辉，如同一道道风景，让你目不暇接，如同一首首美妙的乐章，在向人们倾诉这座城市曾经经历的历史沧桑。而古城堡里的陈列，则用实物印证了萨尔茨堡这座城市的发展历程，无声地教育人们珍惜今天的一切。

古城堡还是全市节庆活动的制高点，我们登上城堡时，正遇到穿着盛装的火炮手在城堡上发射礼炮，庆祝感恩节，隆隆的炮声，向全市市民传送和平，报道这座城市的平安。

萨尔茨堡市是一代音乐天才莫扎特的故乡，莫扎特在35年短暂而伟大的一生中，差不多有一半的时间是在萨尔茨堡度过的。莫扎特是萨尔茨堡市最伟大的儿子，走在萨尔茨堡街上，到处都能感受到莫扎特的魅力。莫扎特广场、莫扎特雕像、莫扎特音乐学院、莫扎特音乐节，还有莫扎特肖像等各式商品，处处都能感到整个城市以莫扎特为荣，莫扎特的影响力无处不在。

在绵绵细雨中，我们来到莫扎特故居纪念馆参观。这里是莫扎特童年与少年时期生活的地方。莫扎特的父亲在莫扎特4岁时，就发现了他的音乐天才。莫扎特居然在4岁这么小的年龄就能用复杂的五线谱作曲，而且谱的曲竟然没有任何差错，这真是天才。天才加勤奋，成就了莫扎特，他短暂的一生创作了600多首各类曲目，这些作品直到现在仍然是音乐作品中的经典。

在莫扎特故居，你能感受到莫扎特幸福的一家，感受到莫扎特爱他的父亲，爱他的母亲，爱他的姐姐，感受到他家庭的温暖亲情，这是莫扎特成功的原因之一。

在萨尔茨堡市，到处都是历史古迹，超前的规划，精心的保护，多样的文化，多彩的建筑，丰富的组合，使这座城市无愧于

"世界文化遗产"的光荣称号。

历史，是一个城市的魂；名人，是一个城市的名片；而尊重、保存、保护、发展、挖掘城市的历史文化价值，使她永葆青春，便是城市发展唯一正确之路。

茜茜公主

　　行走在维也纳，无论是在奥地利美泉宫，或是在富施尔湖，还是在德国慕尼黑旁的新天鹅城堡，所听到的很多都是关于茜茜公主的事，看到的大都是以茜茜公主美貌外形为主题的纪念画与各式纪念品，说明茜茜公主在奥地利、在德国、在匈牙利等欧洲国家人们心目中的分量很重。

　　茜茜公主（伊丽莎白女公爵，1837—1898 年），是奥地利皇帝弗兰茨·约瑟夫一世的妻子，是奥地利皇后与匈牙利的王后。

　　茜茜公主，反叛宫廷的禁锢，与她婆婆——哈布斯堡王朝最具影响力的统治者玛丽娅·特蕾西娅，也就是弗兰茨·约瑟夫一世的母亲，长期不合，遭到压制。

　　茜茜公主，因追求自由与幸福而成为人们心中崇拜的偶像，特别是她高贵美丽的形象、健康秀美的身材、青春不老的容颜，成为一代又一代人心中的偶像，而茜茜公主悲剧的一生，则为这个美丽动人的故事，更增了悲情，使人更加难以忘怀。

　　美泉宫，是茜茜公主与她的丈夫约瑟夫皇帝在维也纳的主要居住地。约瑟夫皇帝出生在这里，在位的大部分时间在这里，他也是在美泉宫去世的。茜茜公主除了外游治病的时间与在匈牙利的时间外，其生活也是以在美泉宫为主的。

美泉宫留下的一切，都成为人们追思茜茜公主的最好纪念。这里以茜茜公主为主要形象的各色纪念品成为抢手货，而其他的一切宫廷往事，人们似乎已不太关心，茜茜公主成为美泉宫来访者最关注的，成为美泉宫的核心记忆，而美泉宫是著名的世界文化遗产。

富施尔湖畔，是电影《茜茜公主》外景拍摄地，电影艺术地再现了茜茜公主童年的快乐生活，给人们留下了难忘的记忆，而茜茜公主无忧无虑的快乐童年与富施尔湖畔优美的环境，通过电影，给世人留下了美好的记忆。

美丽的富施尔湖，绿色的草地，清澈的湖水，茂密的树林，蓝色的天空，美得让人无法不心动，成为人们向往的人间天堂，这些美景与茜茜公主纯真的童年生活，通过电影《茜茜公主》而传播到全世界，成为无数人向往的访问与旅游目的地。人们在这里寻找茜茜公主的童年，寻找茜茜公主的美丽往事，寻找梦想中的天堂。

新天鹅城堡，位于德国巴伐利亚的西南方，在慕尼黑不远的菲森镇旁，这里离德奥边界很近，在阿尔卑斯山麓，是德国14000多个城堡中最美的一个，是巴伐利亚的国王路德维希二世（1845—1886年）亲自设计与监造的。

路德维希二世是与他美丽年轻的姑姑——茜茜公主一起长大的，茜茜公主一直是他最爱慕的人，但茜茜公主15岁就远嫁奥地利了，在他对茜茜公主的感情破灭后，虽经茜茜公主介绍合适姑娘，却终未成功。路德维希二世在一次书信中称，茜茜公主是世上最了解他的人。路德维希二世在 22 岁时，宣布解除与索菲亚公主的婚事，从此终生未娶。1886 年 6 月 12 日，他在最后一次巡视在建中的新天鹅城堡后自杀身亡。

大家对新天鹅城堡修建的必要性一直在讨论，现在大家对新天鹅城堡建设的争论结束了，因为新天鹅城堡已经成为德国最热门的旅游景点，成为小镇的重要收入来源。人们到这儿来，看看城堡设计的奇观，寻找那些感人的童话故事，寻找那些关于路德维希二世与茜茜公主的传说。

在经历 100 多年后，仍然有无数的人从世界各地拥来，寻找茜茜公主的足迹，聆听关于茜茜公主的动人故事。这位在位 40 多年的美丽皇后，一直保持着那无穷的魅力，吸引着世界各地的人，成为世界旧皇朝中仍然保持高贵魅力的绝无仅有的一个。

高贵，来源于血统，来源于出身，更来源于一生的修炼。茜茜公主一生都非常注意修身，注意自己的身材，任何时候都保持迷人的魅力，她绝代风姿，成为无数崇拜者的偶像。

魅力，来自美丽，来自高贵，更来自内在一颗善良的心，茜茜公主内心纯洁善良，善待各民族，在奥地利与匈牙利民族中威信极高。

崇拜，发自人们内心，茜茜公主性格开朗，崇尚自由，追求自由，具有反传统的精神，成为一代人学习的楷模。

悲剧，更衬托出美的壮丽，美的伤感，美的动人。茜茜公主进宫后一直身体不适，又先后经历了丧二女儿、丧独子鲁道夫的人生最大悲剧，最后在 61 岁时被人暗杀。但直到被暗杀，茜茜公主一直保持着那份高贵、那份高雅、那份美丽、那份善良、那份不放弃，她是人们心中永远的女神。

无论岁月逝去多久，人们对茜茜公主的思念与热爱不会减弱，反而会与日俱增。在奥地利，在德国，在欧洲的其他一些地方，所到之处，茜茜公主的影子无处不在，无时不有，女神永远活在人们心中，成为人们心中永远的思念，成为人们永恒的精神与物质财富。

花的国度

新加坡是城市国家，是花的城市、花的国度，整个城市是花的海洋，整个国家是多彩的百花园。

2010 年 6 月，耗资 40 亿英镑建造的滨海湾金沙酒店在投入使用后，给新加坡这个城市增色不少。从金沙酒店屋顶 55 层近 200 米的观景平台俯瞰，新加坡美丽的景色尽收眼底，蓝色无边的大海、忙碌的港口、争流的船只、清澈的水流、矗立的高楼、满眼的绿色、多彩的花园、清洁的街道……这一切把新加坡打扮得分外妖娆，格外美丽。

而滨海湾花园，则是空中花园。从金沙酒店六楼穿越而过，眼前突然一亮，气势磅礴的花园展现在你的眼前，用花团锦簇已经无法形容了，而要用花柱矗立这样的词语来赞美了。

这里如同世外桃源，恰似梦中仙境，只见清澈的河水缓缓流过，喷泉四射，花开满园，多彩的世界，缤纷的花朵，旁边是享誉中外的滨海湾金沙酒店，这正如一幅精美的图画，悬挂在新加坡的上空，正如绽放的花蕾，盛开在城市的中央。

花的世界，并非唾手可得，这是精心的杰作，这是大师的手笔，这是创新的成果。如果没有博大的胸怀，没有全球的视野，没有巨额的投资，没有一流公司的合作，没有决策者的大决心，无论如何也打造不出像新加坡滨海湾金沙酒店、滨海湾购物中心、滨海湾会议中心、滨海湾赌城、滨海湾花园这样成片的大景观。

而这大景观正成为新加坡吸引国内外游客人气最旺的新景点，成为新加坡经济持续增长的一个动力，成为新加坡最亮丽的一张新名片。

再游岚山

日本京都岚山，是著名的风景区，同时也因为我们敬爱的周总理曾经在这里留下光辉诗篇而更加有名，成为我们游岚山的重要理由。

我们以前多次来过日本，到京都岚山也是第二次了。上一次是雨中来的，这次天气虽然没有下雨，但天空没有放晴，仍然是阴天。

在时隔多年后，再次来到京都岚山，岚山还是这么美，山川秀丽，河水清澈，一切还是这样干净，只是游客更多了。除了欧美与中国游客外，又多了些越南游客，反映出越南的改革开放，使越南人民富了起来，出国旅游人数也逐渐多了起来。

一切似乎与上次来没有什么太大差别，但心情却同上一次来时大不相同。因为经历了这么多年，中国迅速发展，经济快速增长，城市建设日新月异，我们在很多方面都赶上日本了，有些甚至已超越，比如高铁、城市建设与经济总量等。

我们富了，就有底气了，而日本似乎是在原地踏步，变化并不大。我们听陈导介绍，日本在最近30年间，工资水平与物价水平都没有什么明显增长，而我们这30年真可谓天翻地覆，我们在改革开放中富起来、强起来。日本作为中国的近邻，日本人对中国游客有一种普遍的友好与尊重，这点我们在旅游中也深刻地感受到。

在京都岚山，我们先是游览了世界文化遗产——天龙寺。天龙寺建于1255年，是以岚山为背景建造的庭园寺院，1339年被改为禅寺。天龙寺内的庭园以龟山和岚山为背景，将贵族文化和禅宗的玄妙融为一体。无论是禅堂，或是殿、阁、亭、苑、庵、园等，都充分反映了山林庭院背景，这是一个很大特点。

看完了天龙寺，我们就急匆匆地去一个我们特别向往的地方——周总理诗碑。

周总理的诗碑，在岚山山麓的龟山公园。周总理在1917年9月东渡日本留学，1919年4月在回国途中，他游览了京都，并撰写了白话诗四首。1979年1月22日，由京都各日中友好团体和知名人士联合倡议，成立了"周恩来诗碑筹建委员会"，4月16日，诗碑建成。

我们到了那里，只见纪念碑的平台上放满了中文的纪念册，有一个会一些中文的日本朋友正在那里用他不太连贯的中文，向中国游客介绍周总理的诗篇，并向我们赠送周总理诗篇的中文，经核对，周总理诗文如下：

雨中岚山

雨中二次游岚山，两岸苍松，夹着几株樱。到尽处突见一山高，流出泉水绿如许，绕石照人。潇潇雨，雾蒙浓；一线阳光穿云出，愈见姣妍。人间的万象真理，愈求愈模糊；模糊中偶然见着一点光明，真愈觉姣妍。

（周恩来，一九一九年，京都岚山）

周总理的诗碑文，由廖承志同志书写，书法俊秀而有力。

这首诗，表达了周总理当年在彷徨中对革命真理的探索与追求。这种追求，他一生都没有放弃过，而1919年正是在中国共产党成立的前夜，处在异国他乡的周总理忧国忧民，回国前，以诗为托付，表达了他对中国革命的探索、探寻与追求。而周总理从日本回国不久，又于1920年踏上了去法国、欧洲的勤工俭学之路，继续寻求中国的未来之路。

我们都为这位日本朋友传播总理当年的诗篇并致力于中日友好的行动与精神所感动，我走上前去与他亲切合影，表示对他的敬意。

中日世代友好是人心所向，是不可阻挡的历史潮流。在那个风雨飘摇的动荡年代，中国很多有识之士都来过日本，试图寻求真理，解救中国于水深火热之中；除周总理外，伟大的革命先行者孙中山、中国文化革命的旗手鲁迅、大文豪郭沫若等都来过日本居住或留学，他们都在日本留下了光辉的足迹，他们都为中日友谊做出贡献，他们与日本人民的友好交往都已成为中日友好历史的珍贵佳话。

敬爱的周总理具有相当的文采，这首《雨中岚山》写得非常好，但在他一生戎马生涯中，留下的诗句少而又少，其中的原因不得而知。但他对毛主席的赤胆忠心，对毛主席包括诗歌在内多方面举世无双才能的由衷尊敬，或许应该也是他很少提笔写诗的一个原因吧。

　　"物以稀为贵，诗以少为奇。"在日本寻得周总理的诗迹，是一种惊喜，一种崇敬，更是一种深切的怀念，珍藏着这份记忆，继续踏上日本的观光之路。

多瑙河之夜

终于有机会游览闻名遐迩的多瑙河了，但不巧的是我们是在风雪交加的夜色中进入布达佩斯，在寒冷的夜雪中登上多瑙河游船。

匈牙利首都布达佩斯有"多瑙明珠""东欧巴黎""多瑙河玫瑰"的美誉，是多瑙河畔最美丽的城市，是多瑙河畔的璀璨珍珠，是匈牙利的骄傲。多瑙河是布达佩斯的灵魂，踏上这座古城，既可以欣赏到迷人的多瑙河的风光，又可以领略到历史的变迁。多瑙河由八座风格各异的桥将两岸的布达和佩斯紧密地联系在一起，很多壮美的景观都聚集在多瑙河畔，使布达和佩斯成为名副其实的双子城。听说我国著名的老一代艺术家陈强先生来到这儿，也深深地喜欢上了这座城市，后来他的大儿子取名陈布达，小儿子取名陈佩斯，就是以这种方式来表达对这座城市的喜爱。

在夜色中游览多瑙河，是别一番景色。比起白天，夜晚的多瑙河多了些多彩的灯光，多瑙河两岸的建筑都灯火辉煌，格外壮美。在多彩灯光的辉映下，这些建筑更加绚丽夺目。

在夜色风雪中乘船游多瑙河，更是另一番心情。虽然外面的雪很大，天气很冷，但游船里温暖如春，没有一丝寒冷的感觉，船上的人们都兴致勃勃，游兴正浓。

一上游船，布达佩斯的夜景尽收眼底。浑厚男中音的中文讲解，一下子拉近了我们的距离，倍感亲切。

通过解说，我们知道，多瑙河是欧洲仅次于伏尔加河的第二大河流，全河长2850公里，它流经九个国家，是世界上干流流经国最多的河流。它发源于德国西南部的黑林山，自西向东流，流经奥地利、斯洛伐克、匈牙利、克罗地亚、塞尔维亚、保加利亚、罗马尼亚、摩尔多瓦、乌克兰等九个国家，最后注入黑海。多瑙河的支流还延伸到瑞士、波兰、意大利、波斯尼亚－墨塞哥维那、捷克以及斯洛文尼亚等六国，是世界上穿越国家最多的河流。由此可见，多瑙河对欧洲这些国家是多么重要，无论是人们生存生活、水利灌溉、工业发展、通商通行，或是旅游观光，都是不可缺少的生命线，直到现在，多瑙河发挥的作用仍然非常巨大。

在多瑙河的游船上，听着奥地利著名音乐家、圆舞曲之王小约翰·施特劳斯在1866年创作的《蓝色多瑙河圆舞曲》与罗马尼亚作曲家扬·伊万诺维奇在19世纪末创作的《多瑙河之波》，沉浸在经典音乐的享受中，心中充满对美丽多瑙河的喜爱。直到现在，《蓝色多瑙河圆舞曲》仍然是圆舞曲的经典之王，仍然是每年维也纳新年音乐会的必定保留节目，无人超越。它的盛传也使得多瑙河享誉全球。

随着游船的前行，夜色中多瑙河两岸的宏伟历史建筑逐渐展现在我们的眼前，使我们深深为之震撼。1896年开建、1904年建成的匈牙利国会大厦，雄伟美丽，熠熠生辉。听说这座大厦是用了

40万块砖、100万块珍贵石材、重达40公斤的黄金，用8年时间建成，主要是为庆祝匈牙利建国1000周年而建，二战时被毁，以后按原图重建，里面设备设施都是当时最好的，电灯、电梯、采暖通风空调等，应有尽有，尽显豪华奢侈。而多瑙河畔的布达城堡、渔夫堡、自由碑、桑多尔宫（总统府）、马加什教堂等，在夜色中，巍然屹立。

多瑙河上有很多座桥，但其中四座桥特别有名，这四座桥仿佛是镶嵌在多瑙河的璀璨明珠，在夜色的多彩灯光中闪耀发光。这四座桥是链子桥、玛格丽特桥、伊利莎白桥、自由桥（原名约瑟夫桥），一座比一座漂亮，一座比一座更有历史，一座比一座更有故事。这些桥既是建筑奇观，又是历史文物，背后的历史故事真实动人，流传后世，是名副其实的世界文化遗产，千古永存。

多瑙河的夜是令人难忘的，寒冷早已忘却，风雪已不在乎，留在心底的是对美丽多瑙河的留恋，对布达佩斯的美好印象，对欧洲历史文化保护的崇敬。

欧洲对历史文化的保护与尊重，是一贯的，到处可见的，是全民性的，这里百年以上历史的建筑与文物到处都是，千年以上的历史遗迹也随处可寻，这里到处都是各种博物馆，里面保存的不仅是珍贵的历史文物，更是一种文化精神的传承。

我们有着比欧洲更加悠久的历史，但历史的痕迹已经被现代化的汹涌潮流所淹没，我们在快速发展的同时，必须尽最大努力，保存与恢复历史文化，以昭后人，以明其志。

国家应当这样保护本国的历史文化，城市应当这样保护自己的历史文化，地区应当这样保护自己的历史文化，企业应当这样保护自己的历史文化，这是一笔无形的巨大遗产。

保护，才能继承；继承，才能持续；持续，才能发展；发展，需要历史的连贯性。

城市，要宜居、宜业、宜游，要保持与众不同的特色，这样才能有生存发展的空间与价值，才能吸引世界各地的投资者与游客。而历史与文化，始终是最重要的吸引力之一，也是无法在短时期内复制与创建的一种优势。

今天恰逢情人节，能在异国他乡和太太一起过情人节，是非常难得的，而在多瑙河游船的风雪中度过情人节，更是难得加难得了。我们坐在游船上四目相对，含情脉脉地举起红酒杯，深深地祝福，我们甜蜜的爱情经历了几十年岁月的磨砺，依然如初，更像手中的红酒一样越品越有味，越品越醇香浓烈。这次爱情之旅，使我们更加珍惜来之不易的爱情；在这个情人节里，我们深刻地体会到爱人对我们生命的真正含义；这个情人节，使我们体会到风雪中，在异国他乡，爱人是永恒的情人的不朽真理；这个情人节，使我们体会到风雪中，在异国他乡，爱人与情人的特殊含义。

风雪夜游多瑙河，是一种难得的经历，是一种独特的享受，是一次欧洲历史文化的洗礼，也是对于多瑙河这条欧洲母亲河的一次近距离的接触。

苏格兰风情的爱丁堡

我们在阴雨绵绵的日子里，从伦敦乘了 5 个多小时的火车，来到了爱丁堡，一下子就被爱丁堡浓郁的苏格兰风情所吸引，为爱丁堡的古城风貌而惊讶。

爱丁堡是英国著名的文化古城，是苏格兰的首府，位于苏格兰中部低地的福斯湾的南岸，面积 260 平方公里。

爱丁堡曾经在历史上辉煌过，在 1329 年建市后，1437—1707 年曾经是苏格兰王国的首都。

古城是爱丁堡最大的特色。爱丁堡城堡、荷里路德宫、圣吉尔斯大教堂等古建筑闻名遐迩，爱丁堡的旧城和新城一起被联合国教科文组织列为世界文化遗产，整座城市都被列为世界文化遗产，这是不多见的。爱丁堡城也不大，我们在两天内就游遍了多次。我们在爱丁堡这两天都是雨天，到达爱丁堡城堡时，雨越来越大。

爱丁堡城堡耸立在死火山岩顶上，居高俯视，可以俯瞰爱丁堡城区与福斯湾河。爱丁堡城堡，一面斜坡，三面悬崖，作为堡垒，可谓固若金汤，只要守住斜坡这个入口，敌人就很难攻入，这是这座城堡的一个特点。

爱丁堡城堡有着悠久的历史，6世纪成为皇室堡垒，1093年，玛格丽特女王逝世于此，从此城堡成为皇家住所与国家行政中心，这个功能一直延续到中世纪。

漫步在雨中，冷风刺脸，与世界各地络绎不绝的游客一起，我们穿梭于城堡的古炮、城墙、战争纪念馆与博物馆之间，一件件幸留下来的实物，一张张珍贵的照片，仿佛让我们回到那腥风血雨的年代。

自从人类产生后，围绕着土地之争、民族纷争、权力之斗、利益之夺、资源之取与领土之抢等争斗，一刻也没有停止过，现有的国家与人类的格局是人类在漫长的历史时期、通过无数次战争而形成的。

现代社会至今冲突不断，一直延续着这些矛盾冲突，只不过世界稳定的格局基本形成，原始的冲突方式发生了变化，战争的形态变得更具毁灭性。

爱丁堡古城堡作为一个重要而独特的地方，保存着那段历史，保存着那些文物，保存着那些遗址，保存着那些记忆，古城堡对现代人有着很好的教育与启迪作用。

爱丁堡除了那些历史古迹外，在文化上也是首屈一指的。2004年，爱丁堡被联合国命名为世界上第一座文学城。英国最古老的大学——爱丁堡大学就坐落在这儿。爱丁堡大学是世界闻名的大学，在全球排位第十七位，中国有很多留学生在爱丁堡大学留学或作为交流学者，我们在爱丁堡的街头、商店与餐厅，随时会遇到中国的留学生，我们与这些留学生也有交流。

在爱丁堡，去爱丁堡最著名的餐厅之一——古堡附近的 16 世纪的幽灵餐厅就餐，是很多游客的梦想与选择，晓晓提前预订，终于在离开爱丁堡的前一个晚上订上了座位，虽然就餐已经排到了晚上 9 点，但依然很显珍贵。

幽灵餐厅的价格不菲，跟我们在伦敦网红排名第一的龙虾汉堡店的价格差不多。虽然价格贵了些，但在夜深人静的时刻，能到记录着如此悠久历史的名店，与当地人与国际游客一起，共同体会这种独特的"幽灵"氛围，共度愉快的夜晚，共享美味晚餐，感受苏格兰的历史、文化与习俗，感受苏格兰人的情调，这是非常难得的机会，大家都感到很值得，这是一顿会常常回忆并印象深刻的晚餐。

晚上，漫步在爱丁堡城的街头，看着当地人载歌载舞，快乐活泼，体会苏格兰的浓郁风情，感受苏格兰的民族风格，对我们来说是个享受。而到具有民族特色的商店购物，更是我们的喜爱，苏格兰的羊毛织品质地好，非常受欢迎，我们每个人都购买了好几条鲜艳的羊毛围巾。

夜幕下，爱丁堡城显示出山城特有的美丽与魅力，古城堡居城市之巅，城市建筑错落有致，在灯光的辉耀下显得分外美丽。

夜色中，爱丁堡城在古色中保持着特有的风格，保持着蓬勃的生命力，保持着文化的活力，吸引着世界各地的游客。

活力城市利物浦

我们从爱丁堡乘火车并经中转，前后花了五个多小时来到了利物浦。

利物浦，在 1207 年开始建市，是英国八大核心城市之一，人口有 52 万人。

利物浦是英国著名的商业中心，也是英国非常重要的商业港口。利物浦的腹地广阔，对外贸易占英国的四分之一。

披头士、各种展馆与利物浦足球队是利物浦的三大特色。利物浦大学也是世界名校，曾出过八名诺贝尔奖获得者。

与爱丁堡这个古城相比，利物浦这个城市显得更具活力，更具时代特色。我们在利物浦虽然只停留了一个晚上，但我们充分抓紧在利物浦的时间，利用早晚时间，尽量在利物浦多参观一些地方。

利物浦曾经以披头士乐队（又译甲壳虫乐队）而闻名于世。该摇滚乐队由约翰·列侬、林戈·斯塔尔、保罗·麦卡特尼与乔治·哈里森四位组成。1960 年，摇滚乐队在利物浦市成立，1961 年 2 月 9 日在利物浦的"洞穴俱乐部"进行首唱表演。这个摇滚乐队获奖无数，达到流行音乐之巅，为现代流行音乐做出了杰出贡献。2004 年被《滚石》杂志评为"最伟大的五十位流行音乐家第一位"。

我们在夜色中找到了他们当年首演的"洞穴俱乐部"，亲自感受摇滚音乐曾经的繁荣，感受那个时代的脉搏，感受摇滚音乐曾经的辉煌。而创始人约翰·列侬在 1980 年 12 月 8 日被害，他在美国纽约自己的寓所门前被患有精神病的狂热歌迷马克·查普曼枪杀，成为音乐界的巨大悲剧。我们特意到此与约翰·列侬的雕像合影，表示对他的敬意。

利物浦足球队是利物浦的一张响亮名片。利物浦足球队是英格兰历史上最成功的球队之一，也是欧洲目前最成功的球队之一。利物浦足球队获冠军无数，一共夺取过 18 次改制前英格兰顶级联赛冠军，7 次英格兰联赛杯冠军，6 次欧洲冠军联赛杯冠军以及 3 次欧洲联盟杯冠军。利物浦足球队于 1892 年由约翰·霍丁创立，主球场是著名的安菲尔德球场。我们到了利物浦，赶到了俱乐部所在地——安菲尔德球场，想参观这个不同寻常的著名球场，但没有想到参观必须提前一天预约，不能即时参观，我们只有扫兴而归。

我们只有在利物浦俱乐部的品牌购物商店逛逛，买些有利物浦球队标志的礼物作为纪念，这些纪念品琳琅满目，从小到大，从穿戴到鞋帽，应有尽有，而带有利物浦足球队标志，是这些商品的共同特点。

我们深切感受到，一个成功的球队，是一个价值极大的宝库，会影响一个城市，会拉动一个很长的商品产业链，会有很大的球迷群与消费群，会造福这个城市。

利物浦的港口非常漂亮，也很著名。1715年在这里兴建了世界上第一个包围式湿船坞。在利物浦最有名的船坞是阿尔伯特船坞，利物浦港口最有名的地点是码头顶，那里有三大闻名建筑物，即皇家利物浦大厦、邱纳德大厦和利物浦港务大厦。

我们在白天与夜幕时分，两次来到利物浦海滨与港口漫步。海风吹拂，心旷神怡，港口的一切，能让你感受到这个港口曾经的辉煌，随处可见的各种纪念碑，保留着人们对那个时代的怀念。

利物浦还有一大特色，就是各种展览馆、博物馆很多，只有50多万人口的城市，各类高档的现代化展馆很多。我们在利物浦有限的时间里，抽空参观了利物浦国际展览馆与利物浦航海博物馆。国际展览馆里展出的人类与世界各国的发展史，特别是几个文明古国如中国、埃及等国的文明史，非洲文明史以及欧洲、英国的文明史。人们通过展馆的参观，可以迅速了解世界文明史，这是普及知识、了解历史、增进各国相互了解的重要窗口，是青少年教育的重要基地，也是利物浦接待游客与参观者的重要窗口。

利物浦的航海博物馆则在港口旁，是展示利物浦历史文化的的一张名片。航海博物馆详尽地记录与保存着利物浦航海发展的历史、沿革、变迁与取得的成就，告诉人们利物浦航海发展曾经的辉煌、在利物浦的地位以及航海未来的美好前景。

这些展馆是博物馆，也是教育基地；是旅游场所，也是城市的窗口；是历史，也昭示着未来。而比较我们，与我们庞大的人口相比，我们城市的各类展馆显得少得多，不能很好地适应教育与旅游的需要。

放活社会各界的积极性，把展馆建设作为城市的一部分，作为城市历史与文明的延续，作为青少年教育的基地，作为游客了解城市的窗口，对于我们的教育与城市建设来说，都是非常重要的，利物浦在这方面的做法对我们很有启迪。

人间正道是沧桑

——奥斯维辛集中营侧记

在离波兰首都华沙 300 公里、离波兰第二大城市克拉科夫西南 60 公里的奥斯维辛小镇，有一个在二战期间恶名昭著的屠杀犹太人的地方——奥斯维辛集中营。它面积约 40 平方公里，在 1940—1945 年期间共有 100 多万人（以犹太人为主）在这里被德国法西斯残忍地杀害。现在，这里成了教育后人的重要基地。

联合国教科文组织为了让世人永远牢记这种惨痛事件，在 1979 年把奥斯维辛集中营列为世界历史文化遗产；2005 年 1 月 24 日，第 59 届联合国大会举行特别会议，纪念奥斯维辛集中营解放 60 周年；2007 年，联合国教科文组织把集中营命名为"奥斯维辛－比克瑙德国纳粹集中和灭绝营（1940—1945 年）"；2017 年 11 月，关于公布有关集中营资料的"法兰克福审判"档案，被列入联合国教科文组织《世界记忆名录》。

在下雪的季节里到达这里，看到原址保护得很好，似乎回到了 20 世纪 40 年代，回到电影《辛德勒的名单》以及电影记录中那些场景，那些血腥场面。

在二战期间，德国法西斯行尽人间一切残忍的手段，对犹太人进行了惨无人道的集体灭绝杀戮，在人类历史上堪称最为残酷、最为恶毒、最为惨烈，纳粹德国在二战期间共屠杀了近600万犹太人。

任何民族，都有生存的权利，没有什么比生存权更重要，谁也没有权力剥夺一个民族的生存权。

任何民族，都要与其他民族共融。人类是一个大家庭，各民族在保持自己民族特色的前提下，要融入民族大家庭，而不是排斥，更不能仇恨。

犹太民族是一个非凡的民族。据犹太人组织统计，2007年全球犹太人数约1600万人，其中约540万人在以色列，约530万人在美国，其余散居在全球各地。

犹太民族是一个优秀的民族。由于高度重视知识，犹太人脑力开发很早，在儿童时期就全面开发智力了，因此犹太人有非凡的智慧，创新能力极强。占全球人口总数0.25%的犹太人，占据了诺贝尔奖的22%，超出平均数的108倍，爱因斯坦、弗洛伊德、马克思、冯·诺依曼等都是犹太人。

我们这个团中的知识女性，大都不愿近距离去看这些血腥场景，她们对当年纳粹留下的残酷的场景心中仍然充满恐惧，她们不喜欢战争带给人类的伤害，因此她们都在集中营门口等候着大家参观回来，然后一起离开。

同样的雪景，同样的物景，但换了人间，在阳光照耀下，白雪放射出的是正义的光芒，人们表达的是对德国纳粹复仇的怒火。

正义终归战胜邪恶，纳粹德国的暴行将永远钉在人类的耻辱柱上，成为人们警惕纳粹复活的最重要的警示。

人间正道是沧桑。人类总是在不断地进步，虽然有时候历史会有短暂的倒退，但正义的力量不可阻挡，一定会冲破一切反动的力量。人类进步的总趋势不会改变，人类的未来永远是光明美好的，人类对美好生活的向往是永远不会改变的。

柏林墙下的思考

　　柏林，位于德国的东北部，是德国的首都，也是德国最大的城市。这座曾因战争而千疮百孔的城市，正在焕发着它新的魅力。这里拥有众多世界著名的建筑，有浓厚的艺术氛围，同时这里的人也十分严谨，做事一丝不苟。

　　先到了柏林墙，在那里拍了些照，留下了一些纪念。在柏林墙对面，有一道亮丽的风景线吸引了所有的游客。路口中设置了当初民主德国、联邦德国分界岗哨的场景，机枪架设在岗哨前、沙袋护墙，一个个十分帅气的卫士穿着二战时的军装，手握枪支，守护着"城门"。这里游客可以拍照留念，我们都争相戴着军帽和卫士合影。虽然二战已经过去 70 多年了，当年的硝烟早已散尽，人们的记忆也在淡忘中，但柏林墙似乎仍然在提醒人们，不要忘记过去，忘记就意味着背叛。

　　施普雷河将柏林静静地一分为二，东边画廊位于柏林东火车站和奥伯鲍姆桥之间，是保留至今最长的一段柏林墙残垣，墙上是著名的《兄弟之吻》，这幅画内容是当时苏共中央总书记与民主德国领导人的"深情接吻",成为留存在柏林墙绘画艺术的经典之作,几乎所有的游客都要在这幅画前拍照留影。

如何评价柏林墙,是一件复杂的事。一方面,设柏林墙是二战的结果,是二战中全世界正义力量战胜德国法西斯的胜利象征。但另一方面,随着岁月的推移,由苏联接管的东柏林与美、英、法接管的西柏林,两者差距越来越大,东柏林跑到西柏林的人越来越多,同时东柏林与西柏林把德国分裂成民主德国、联邦德国两个国家,不符合德国人民的心愿,东、西柏林成为苏联与西方冲突的重要地带,而柏林墙成为武装冲突的前哨。

1989年,苏联开始出现分裂解体的思潮,已经无法再干预民主德国、联邦德国的统一了。1989年10月18日,民主德国领导人、德国统一社会党总书记昂纳克宣布辞职,1989年11月9日,柏林墙被人为拆毁。1990年10月3日,民主德国正式并入联邦德国,从此德国成为一个完整的国家,现在更是欧洲最大的经济体。柏林墙绝大部分都已拆除了,剩下了一段作为遗迹保存起来,供后人参观,让人们永远记住那段历史。

勃兰登堡门,是柏林的象征,城门上面是威武的维多利亚胜利女神驾着四马青铜战车,仿佛指挥着德国战无不胜。勃兰登堡门,见证了德国很多重大事件,见证了德国的分裂与统一,见证了德国的失败与胜利。

在柏林,可以寻找到德国的历史,可以寻找到德国的精神,可以寻找到过去的德国是如何成为纳粹的,现在的德国是如何反思的,又是如何重新崛起的。

柏林墙,是一个特殊的建筑,这个建筑具有特殊的政治意义;

柏林墙，是一座围墙，将统一的德国分成两个不同的世界；柏林墙，是边界，划清了两个不同社会制度国家的界限；柏林墙，是前哨，是苏联与西方斗争的前沿；柏林墙，是记忆，这记忆穿越历史时空；柏林墙，是历史，这历史用无数人的生命、苦难、青春而写成，因此可悲、可歌、可泣。

佛光，在阳光下闪耀

我们中外散文诗学会代表团一行六人，访问菲律宾宿务并建立学会的第一个海外创作基地。这也是我第一次踏足菲律宾，来到菲律宾的第二大城市——宿务。感觉一切很好，来之前的种种忧虑，比如安全、冲突、卫生等，都一扫而光。

宿务是个岛城，这里海风习习，微风轻吹，夏日中有一股凉爽；这里民风淳朴，理念平和，和谐中有一份亲切；这里，现代与发展同在，富豪与平民同乐，发展的机会到处都是。

定光宝殿位于宿务市北坡半山腰，地理位置独特，建筑群很壮观，阳光下分外美丽，不仅是人们进行宗教活动的场所，更是一处独特的观景台。

定光宝殿是个道教庙宇，建于 1972 年，由菲律宾华人出资建成，虽说是道教庙宇，但对其他教徒也一样欢迎与开放。

崇山峻岭中，宝殿独秀；喧嚣的城市旁，宝殿独静；快速的生活节奏中，宝殿独慢；滚滚的经济浪潮中，宝殿独醒。

宝殿中有很多警句发人深省，常响耳边：

"道宣天下劝告诸恶莫作，教会社会鼓励众善奉行"，这明确无误地指出，道教是与人为善，与众为善的，这是道教的宗旨，也是我们做人的根本。

"善报恶报迟报早报终有所报，天知地知我知你知天下尽知"，这说明了必然的因果关系，也是我们在做任何事前必须三思的。

定光宝殿建于40多年前，全由民间出资并维持运行，民间资金来自董事会成员与社会名流的捐助，也来自平日来宝殿朝拜的信徒与游客的香火钱。

宝殿保安与工作人员二十来个，董事长每两年轮换一次，陪我们参观的两位老朋友分别是宿务文华大酒店老板何安顿先生与菲律宾著名华人作家温陵氏先生。何安顿先生是宿务当地著名的华侨领袖，他正在担任定光宝殿轮值董事长，他说定光宝殿的财政非常宽裕，每年农历九月九日，全菲律宾的华人信徒都要聚集在这里，热闹非凡。平日里，这里人也很多，香火很旺。

宗教，是一种信仰，信仰可以规范人们的行为，是一种自觉克制的行为，比起说教式的教育来，其作用更为明显，渗透力更强。如何用信仰的力量，使社会更加和谐，是摆在我们面前的课题。

信仰，是一种巨大的精神力量，正确的信仰，是具有正能量的，用这些正能量化解社会矛盾，推动社会进步，也应是我们的思路。

落基山脉与那些美丽的湖泊

从多伦多到卡尔加里，坐飞机只要两个小时，但两地风景完全不同。多伦多是现代城市的风貌，而卡尔加里旁的落基山脉则完全是自然山地与湖泊风光。这种景色太天然了，太美了，美得不忍去惊动它，美得无法想象它，美得不愿离它而去，美得愿意一直在这儿。

加拿大落基山脉是北美洲落基山脉在加拿大境内的总称，也是北美洲最为美丽的旅游胜地之一。

这里有明媚的阳光、清澈的湖水、峻峭的高山、壮美的峡谷、奇特的山脉、丰富多样的地质构造、绿色的草甸、广阔的森林、皑皑的白雪、美丽的冰原、一泻而不收的瀑布、自由奔走的野生动物、纵贯山脉的高速公路、颇具历史的太平洋铁路。这里堪称人间的美丽天堂。

加拿大落基山脉在 1984 年就被联合国列为世界遗产，1990 年范围再被扩大，目前包括贾斯珀国家公园、班夫国家公园、优鹤国家公园等。

我们穿越在这些国家公园里，落基山脉与那些美丽的湖泊给我们留下难以磨灭的印象，那是我们在加拿大旅游最接近大自然的时光，也是最难忘的记忆。

在班夫国家公园，最美的记忆是露易斯湖与梦莲湖，还有就是班夫小镇、弓河瀑布与山地缆车观光。

露易斯湖，是由加拿大太平洋铁路工程师威尔笙先生在1882年最先发现的，当初命名为"翡翠湖"，后在1883年为纪念英国女王维多利亚的美丽公主露易斯而改名为"露易斯湖"。

露易斯湖，长2.4公里，宽0.5公里，最深90公尺，是在4000多年前由维多利亚冰河下落而形成的。湖水碧绿，呈翡翠色，清澈无比，两边是高山峡谷，旁边是因湖而建、充满历史故事的豪华大酒店——费尔梦露易斯湖城堡酒店。

漫步在露易斯湖的湖边小径上，仿佛置身在仙境，比起梦中的想象更美。对面是壮观的维多利亚雪山，身边是如此清澈的湖水，湖水倒映着山脉，倒映着雪山，倒映着宏伟的酒店，倒映着漫步的游客，构成了一派奇特的景观，这景观绝无仅有，这景色跨越历史，超越时空。

静静地坐在露易斯湖的旁边，眼前是静谧的湖泊，是多彩的世界。蓝天白云、皑皑白雪、高山森林，如同蓝绿宝石般的湖水，是那么珍贵，是那么纯洁，是那么令人留恋。在这个时刻，仿佛世界的一切都停止了活动，周围的一切都悄然无声，我们尽情享受着大自然的美好，享受着大自然的恩赐。

在这里，你无法想象如此美丽的湖泊，沿湖而建的只有一家拥有550多个高档床位的费尔梦露易斯湖城堡酒店，而这家酒店与露易斯湖的完美结合，是人与自然的和谐一体。加拿大人对自然的用心呵护达到了极致，而如果放在我们这儿，必定会因各式酒店林立而出现乱象吧。

离露易斯湖 14 公里，在海拔 1884 米处，有一个面积约 0.5 平方公里的冰川湖，那就是美丽的梦莲湖。湖面呈宝石蓝色，晶莹剔透，清澈见底，倒映着雪山与树林。这是一派绝妙的自然美景，是仙境，更像是一幅精美的画作，美得无与伦比，特别是周围没有大的建筑物，一切维持着原生态，就更为宝贵了。

梦莲湖的美景曾被作为 1969—1979 年间发行的 20 元加币的背面图案，现在这种加币已成为稀有的珍藏品。

同在班夫国家公园的还有一处景致因一部电影而出名，这就是弓河瀑布。弓河瀑布位于风景秀丽的弓河之上，高约 10 米。20 世纪 50 年代，玛丽莲·梦露主演的电影《大江东去》取景于此。在影片中，性感女神玛丽莲·梦露就在这条河边晾衣服。

景，因名人而闻名；名人，因景而长存人们记忆中。当我们在弓河瀑布旁驻足长留时，脑海里出现的就是当年电影里的那些镜头，这些珍贵的镜头已经深深融进了我们的记忆之中。

而在优鹤国家公园的翡翠湖，湖面是另外一种碧绿色，是湖泊中更为罕见的颜色。翡翠湖是优鹤国家公园最大的一个湖泊，湖底是亿万年的冰川堆积遗碛，湖水在阳光的照耀下，呈现出深浅不同的碧绿色，因此被称为"落基山的翡翠"。翡翠湖旁的两座大山是伯吉斯页岩化石床所在地，由考古专家瓦克发现的这些化石床，反映的是 5 亿 3000 万年前的地球生态。1981 年，伯吉斯页岩化石床被联合国确定为世界遗产。

碧绿的湖水、宁静的湖面、绿色的森林、高耸的山峰、沿湖而建的别墅、泛舟的人们、西下的太阳，构成一幅非常美丽的图画。翡翠湖真是难得的天然国宝，而保护得如此好，更是让人惊叹。

　　处在优鹤国家公园的天然桥，则是另外一种景。自然界水滴石穿的力量是巨大的，是无法阻挡的，人很难改变自然，也无法阻挡自然界的力量，需要做的是与自然和谐相处，巧妙地利用自然的规律与自然的力量。

地中海风情

埃及的亚历山大市，位于地中海的旁边，有着辽阔的海岸线，有"地中海的黑珍珠"之称。

地中海很迷人。蔚蓝色的海水，辽阔的海岸线，丰富的海洋生物，忙碌的亚历山大海港，络绎不绝的国际游客，使亚历山大这个开放的海港城市充满活力。

无论是在那些古城堡，还是在亚历山大港口、蒙塔扎宫的海滩，或是在漫长的城市海岸线上，你都会感受到一股浓浓的地中海风情。

海风轻吹，椰树摇曳，涛声拍岸，人们纷纷奔向海滩，看海岸风光无限，留大自然美好记忆，听酒吧乐声飞扬，尝海味鲜美，饮美酒干杯。

阳光照耀，碧海蓝天。喜迎万里贵客，树开放友好之风。我邀你随，留美好倩影，造就永恒珍贵回忆。

怀揣着美好心愿，脚踏着文明故土，感受着地中海海风劲吹。我们匆匆而来，又匆匆而去。他日再见，亚历山大必定天更蓝，水更清，地更美，城市换新天。

辉煌的金字塔

埃及的金字塔闻名遐迩，中外皆知，心中仰慕已久，今天终于有机会得见其庐山真面目。

我们从开罗驱车往西南方向行驶约 10 公里，来到吉萨高地，见到了世界上最大的金字塔——胡夫金字塔。

胡夫金字塔，原高 146.59 米，底边原长 230 米，共用 230 万块（平均每块重 2.5 吨）石块砌成，总计重量约 684 万吨。

胡夫金字塔是为埃及第四王朝法老胡夫（前 2598—前 2566 年）修建的陵墓，这也是胡夫的主要成就。胡夫金字塔动工于前 2580 年，完工于前 2560 年。

站在如此庞大的金字塔面前，不由得感叹古埃及文明的伟大以及古埃及人的伟大创造力。到了现在都还没有人能够完全破解这个谜，可见建造金字塔的难度是难以想象的。

金字塔，在埃及各地还有很多，特别是在尼罗河的下游，更是至今还保存着几十座大小不等的金字塔。

金字塔，在埃及不仅代表着历史与文化，更多的是标志着埃及曾经是世界文明发源地，每一个埃及人都会因这个曾经的辉煌而自豪与骄傲。

金字塔，是历史，更是艺术，而历史与艺术是密不可分的。历史要用文字与文物表达与传承，而具有艺术魅力的文物就是历史最有说服力的见证，是历史最好的表达，不像文字的表达或许还可能会存在偏差。

金字塔，更是工匠精神的巅峰之作。反观我们运用的现代化手段，可能现在还无法企及金字塔的艺术高峰。失传的工匠精神，何时才能回归？这可能不是一件简单的事，因为那不仅需要时间，更需要全人类强烈的共识，而金字塔已给我们提供了一个伟大的范例。

在 40 多摄氏度的烈日酷暑下，到埃及来参观胡夫金字塔的国际友人仍然络绎不绝，兴致勃勃，这充分说明了埃及古文明的无穷魅力，说明了金字塔这一历史古文明遗址在经历几千年的风雨后，依然光芒万丈。

撒哈拉沙漠路上的风景

从阿斯旺到阿布辛贝神庙，要行车 4 个小时。我们在凌晨 3 点起床，3 点 30 分出发，这种辛苦换来的是在撒哈拉沙漠路上独特的风景。

行驶 1 小时后，我们中途休息了一会儿。此时，正是旭日东升时，红彤彤的太阳冉冉升起，映红了半边天，映红了撒哈拉沙漠，映红了天际。在沙漠里看日出，其感觉是太阳更加壮观，更加红艳。

我们在沙漠中欢歌，在沙漠中的公路旁尽舞，摄影留下这一个个珍贵的镜头，留下这难忘的回忆。沙漠中的公路，犹如天路，使我们能在沙漠中自由穿行。

早去的路上，撒哈拉沙漠也不断变换着模样：时而是茫茫无际的黄色沙漠，时而是被烈日烤焦了的黑色沙漠，时而是沙漠中的一片绿洲，时而是清澈的湖水，时而是浩瀚无边的纳赛尔湖。景色多姿，不断交替，我们的心情也随之兴奋起来。

回来的路上，我们看到了沙漠中的奇观——海市蜃楼。这是一种光学现象，在阳光的照射下沙漠中出现了一片片水面，亦幻亦真，亦假亦实。这是很少有的自然现象，在其他的沙漠中我们还从来没有看到过。单凭这点，来撒哈拉沙漠也值了。

赶得早，跑得多，才能看到撒哈拉沙漠中的日出，才能看到红彤彤的太阳，才能看到血色沙漠，才能看到红透半边天的旭日，才能看到海市蜃楼的梦幻仙境。

赶得早，才能在撒哈拉沙漠一路狂奔，如入无人区，可以在路旁尽情欢歌。

赶得早，才能避开烈日酷暑，免受暴晒之苦，在夏日里享受早晚的清凉。

风景这边独好。这景色属于辛勤在途的人们，属于不惧辛劳、勇于探索、敢辟新路的人们。

风景这边独好。这景色属于勇于付出的人们，属于敢于探索的人们，属于愿意奉献的人们，属于在生命的旅途中永远攀登着的人们。

畅游尼罗河

尼罗河（Nile）是一条经非洲东部与北部的长河，自南向北注入地中海。

它是埃及的母亲河，也是埃及的生命线。在埃及这样一个国土面积以沙漠和半沙漠为主，少雨、干燥的地方，生存所需的水都是直接来自尼罗河或是截自尼罗河的纳赛尔湖。离开了尼罗河，埃及人民是无法生存下去的。

下午，我们在阿斯旺城乘游船游览了尼罗河，尼罗河美丽的自然风光给我们留下了难忘的印象。而随后几天的尼罗河上游轮航行，更是加深了我们对尼罗河的印象。

船行在前方，令人感受最深的就是尼罗河水的清澈。

尼罗河流域广大，非洲与埃及的经济又不发达，如果不是非洲流域各国的共同努力以及埃及人民之间的共识，是无法保护好尼罗河的。

船行在前方，我们也感受着尼罗河水的柔情。尼罗河风平浪静，河水柔情绵绵，让人感到一丝温情。游船在尼罗河前行，激起阵阵白色浪花，阳光下的尼罗河分外美丽。

船行在前方，尼罗河水面时而开阔，时而狭窄；时而风平浪静，时而碧波荡漾；时而前行疑无路，时而柳暗花明又一村，风景多样。尼罗河就是这样的风情万千，婀娜多姿。

船行在前方，尼罗河的神秘感在消失，取而代之的更多的是亲切感，《尼罗河上的惨案》中的恐怖在眼前美好的景色中被遗忘。

船行在前方，前方是友谊的海洋。国际游客纷拥，远道共聚埃及，隔船道一声问候，挥手说一声祝愿，留下美好回忆在心间。

船行在前方，两岸是美丽的自然风光，千年遗迹随处可见，青山绿水风光无限。

船行在前方，周遭是努比亚族村，这里人儿真好客，民间工艺品琳琅满目，骆驼载客过沙漠，河边游泳真热闹。

船行在前方，夜风吹拂，落日余晖给尼罗河洒上光辉。尼罗河夜景迷人，岸边灯光闪耀，照亮湖边。游船上凝视远方，千里之外聚异国，尼罗河边话见识。

船行在前方，旭日东升，晨风轻吹，清新的空气，沁人心脾；流水潺潺，水域无边，翠色满目，又是另一番景色。

难忘今宵，难忘尼罗河之夜，难忘尼罗河之旅，难忘尼罗河的万千风情。

难忘晨光，难忘旭日，难忘尼罗河披上金色霞光，难忘绿色秀水，难忘晨风吹拂，难忘尼罗河经历。

尼罗河是一条美丽的河，是一条清澈无比的河，是一条纯洁透明的河，是一条柔情温和的河，是埃及的生命河，是非洲的母亲河，是一条让人永远难忘的河。

美丽的红海

　　红海位于非洲东北部与阿拉伯半岛之间，呈狭长形。红海的西北面通过苏伊士运河与地中海相连，南面通过曼德海峡与亚丁湾相连。红海，是世界上盐度最高的海。其得名有多种原因，它的很小一部分因红藻而呈红色便是其中一个原因。

　　红海面积约 43.8 万平方米，平均水深 490 米，最深处有 2211 米。红海由于是世界重要的石油运输通道而显得特别重要，其周边的国家有沙特阿拉伯、也门、约旦、埃及、苏丹等，红海最早是由古埃及人发现的。由于红海的战略地位，它成为大国争夺的要地，红海周边国家因此通常也不得安宁。由于红海处在非洲板块与印度洋板块的生长边界，专家预测红海的面积以后会超过地中海。

　　红海是一片清澈的海域。当我们从 El Basha 码头乘游船第一次进入红海时，我们就被眼前的景象所迷住了。本以为红海是红色的，没有想到的是其海水清澈见底，比很多海域的海水都要清澈且湛蓝，是我们目前见过的最纯净、最美丽的海域。

　　湛蓝的天空下海风吹拂，游轮在蔚蓝色的海中前行，激起朵朵浪花。身着多彩服装的各地游客与自由飞翔的海燕，是红海上的一道亮丽风景。

红海，是一片给予人快乐的海域。海风劲吹，海浪拍岸，笑意荡漾在脸上，快乐充满心底。在出海口放眼望去，一半是沙漠，一半是海水，这是红海一个奇特的景象。

红海更是一片美丽无比的海域。其海水呈多种颜色。随着游船不断前行，渐渐驶向红海深处，它也变得越来越漂亮。在阳光的作用下，海水时而湛蓝，时而碧绿，时而蓝绿相间，时而色彩纷呈。

海水颜色的不断变换，构成了风光独特的美丽景观。毫无疑问，红海是充满万千风情的梦幻般海域，是多彩多姿的。

红海上海鸥截食，追逐游船，成为奇观。鱼翔浅底，与海鸥同争，构成红海的另一个奇观。

海鸥展翅飞翔，紧追游船，接近游客，人们亦争先恐后，拍摄这难忘的瞬间。平日里很少见到海鸥，而今天在红海，如此近距离接近它们，真是大开眼界。

红海，是游泳者的天堂。在红海游泳，是一件非常惬意的事。清澈的海水如同白玉一般，细软的沙子给人特别的舒适感。红海的海水盐分重，浮力大，人可以很轻松地漂浮在海面。在多姿多色的海水里，在热闹的海滩上，在各国游客的参与中，在红海中尽情挥臂，畅游一番，真是莫大的享受。而在由红藻形成的局部红色海域里潜游，则是另外一种快乐感受了。

红海亦是娱乐者的乐园。其水上活动非常丰富，除游泳与潜水之外，还有橡皮艇、沙发船、降落伞、钓鱼等。这些水上活动很刺激，但又很安全，老少皆宜。人们不分肤色，不分年龄，踊跃参加这些活动，亲身体验这些难得的海上活动。

　　红海游是埃及之行的重头戏。这里有看不尽的美景、玩不尽的项目，也有摆不完的姿势、拍不完的照。

埃及好友穆伊

　　我们从成都出发时，就听领队艾君介绍说埃及的导游在埃及属于高级白领，职业素质很好，接待中国游客的导游一般都是从开罗大学的中文系或考古学专业毕业的。

　　当时，我们对艾君领队的话还没太深体会，心想导游大概都一样夸别人的吧，便没有把他的话放在心上，而我们很快就深切感受到埃及导游的优点了。

　　我们刚下飞机，便迎来了我们团的埃及导游穆伊。他是一个典型的阿拉伯青年，满腮胡子，精神抖擞，充满活力与热情。而我们好像是在故意考验他似的，一下飞机刚上车，我就发现我的华为平板电脑与一本书遗忘在川航的飞机上。我告诉领队后，他马上告诉了穆伊。穆伊飞似的跑进机场，很快回来告诉我通过公司的机场代表我的东西已找到，在我们下午到开罗卫队酒店时就可以当面交给我了。这让我大吃一惊，这种速度在国内都是不可能的，何况是在异国。我因此对穆伊，对埃及导游开始刮目相看。

　　我们一上车，穆伊就用中文自我介绍，他是开罗大学考古学专业毕业的，后在北京中国人民大学读了两年。穆伊说，他对中国充满着感情，他接待了好多中国来的朋友，真诚欢迎大家来，他这次会全程陪我们在埃及游览，能解决我们旅行中的任何问题。他说从今天开始我们互称对方为哈比比（埃及语：亲爱的），这样一下子就拉近了我们之间的距离。而与当地如此好的朋友全程同行，这是多么快乐的事啊！

穆伊对我们的帮助是多方面的：

第一，确保我们旅行时的安全。我们在金字塔参观时，当地的游手好闲分子专门打着为游客服务的旗号，而实际是骗取高额小费。我们往往忘了穆伊的忠告，被他们所蒙骗。穆伊知道了，每次都挺身而出，让那些骗客把钱退回来，而穆伊的威望也足使这些骗子心生畏惧，乖乖地退回已到手的钱。穆伊在我们参观金字塔时，在参观狮身人面像时，在参观神庙时，在各个旅游环节中，都确保着我们的安全，我们也视他为我们在埃及旅行的靠山。

第二，穆伊在参观途中的热情讲解。7月的埃及，骄阳似火，在40多摄氏度的高温酷暑下，旅行是很辛苦的，讲解便更辛苦了。特别是在室外连续参观好几个神庙，我们都受不了这种酷暑，同时非常有疲惫感了，穆伊却每次都保持着高昂的热情，冒着酷暑为我们详细讲解。从埃及博物馆、金字塔、狮身人面像、神庙到帝王谷，从开罗到亚历山大，从地中海到红海，从撒哈拉沙漠到尼罗河，穆伊都以高度负责的精神，以他对埃及文明的深厚感情，以最大的热情为我们讲解。从不简化，从不偷懒，这种专业的职业精神，让人非常感动。

第三，穆伊为团队成员提供一切可能的周到服务。在参观旅行途中，他为每一个成员都拍了很多照片，大家有任何问题（如东西遗忘、开不了门、购物、交流、备水、换币等），都会想到穆伊，而穆伊没有解决不了的问题。一路上，穆伊成为我们可以完全信赖的最好的朋友。

第四，穆伊与中国领队艾君关系非常真诚、密切，让人感动（艾君领队与其他埃及导游的关系也很亲密），这样我们就感到安全有保障，有任何问题既可以找艾君，又可以找穆伊，最后通过穆伊都能得到圆满解决。

很快，我与穆伊成为无话不谈的好朋友，他把埃及的历史、宗教、文化与传统告诉我们，并把他的全家福照片发给我看。穆伊今年30岁，他的妻子是埃及公务员，他们二人有两个儿子，父母亲在距开罗两小时的郊外农村居住，他几乎每周都要去看望父母，照片上他的家人脸上全都荡漾着幸福的微笑。

穆伊，像一座山，是我们在埃及安全旅行的靠山。无论遇到什么问题，穆伊都能搞定。有了这个靠山，我们在埃及的一切都能得到保障。

穆伊，像一团火，温暖着我们的心。这团火，使我们在异国他乡也倍感温暖，从而燃起了我们对古埃及文明的热情，燃起了我们对现代埃及文明的期待，加深了中埃人民间的深厚友谊。

穆伊，像一面镜子，诠释着什么是真正的职业精神。职业精神，就是对自己岗位的无比热爱，就是对自己岗位的忠于职责，就是对自己岗位的全身心付出。

穆伊，像一本书，几乎所有问题都能从他这里找到答案。穆伊是学考古学的，对古埃及的历史非常了解，而这正是埃及之行的重中之重，而在这方面穆伊则是专家。再者，穆伊有在中国人民大学学习的经历，他娴熟的中文与他对中国人民的深厚情感是他很大的优势。

穆伊带来的是典型的正能量，从他身上透射出埃及青年一代的精神。在我们的埃及之行中，由于多方面的原因，我们在尽享埃及古文明与美丽自然风光的同时，也会看到埃及相对落后的一面，但穆伊这些优秀导游传递出的满满正能量，让我们对埃及的未来有了更多的信心。

穆伊，是埃及高素质导游的一个代表与缩影。我们从成都出发的好几个团，都分别由一些年轻的埃及导游带队。我们虽然不在一个团，但由于行程相同，时常乘坐一个大车或同一艘船，或住在同一个宾馆，且时常在同一个景点见面。因为大家时常在一起聊天，彼此之间也就很亲密。他们也都与穆伊一样，讲着一口流利的中文，年轻、友好而充满活力，富有职业精神。毫无疑问，在旅游业正成为埃及经济一个主要支柱的背景下，这批高素质的年轻导游的涌现具有举足轻重的意义。他们将高举起埃及旅游业的旗帜，搞活埃及旅游业，推动埃及经济的发展。

穆伊，是中埃友谊的一个友好使者。中埃友谊源远流长，在新的时代，中埃合作是"一带一路"倡议的重要组成部分，发展中埃友谊意义重大。而穆伊则代表着友好的埃及人民，像他这样的一大批高素质的年轻埃及导游，会大大增加中国人民对埃及人民的信任感，穆伊他们是中埃友谊的友好使者。

古诗新意

九万里风鹏正举

——读李清照的词

李清照（1084 年 3 月 13 日—1155 年），号易安居士，宋齐州章丘（今山东济南章丘西北）人，居济南。宋代女词人，婉约派代表，有"千古第一才女"之称。

作为为数不多的女词人、女诗人，李清照在文学史上享有无法撼动的地位，是一代词宗，中国历史上最伟大的女诗人。她的诗词，清新脱俗，立意高超，有超过男人的气魄，有过人的意志。读她的诗词，让你心潮澎湃，斗志昂扬，信心满满，在兔年开年之际，重读她的诗篇，让人受到一次前所未有的激励，受到一次巨大的鼓舞。

李清照的诗词，清新隽逸，如同一股清澈的泉水。李清照的诗词，警句不断，妙语连篇，真可谓字字珠玑，句句箴言，是她真实情感的流露，是文学界极为珍贵的宝贵财富。李清照的《如梦令》："常记溪亭日暮，沉醉不知归路。兴尽晚回舟，误入藕花深处。争渡，争渡，惊起一滩鸥鹭。"此词亦是李清照的处女之作，有人考证是她十六岁（宋哲宗元符二年，公元 1099 年）作，是她与赵明诚结婚前后、刚到汴京不久所作，这首"酒兴"的记游词，仙气豪迈，情辞深刻，酣畅淋漓，独树一帜，让人百读常新，词人堪与仙人相匹敌，与诗词大家并肩，这首词一发出，就在京城引起轰动。再一首《如梦令》："昨夜雨疏风骤，浓睡不消残酒。试问卷帘人，却道海棠依旧。知否，知否？应是绿肥红瘦。"李清照在这首词里主要表达的是伤春情绪，伤春情绪一般产生在暮春时节，特别是"绿肥红瘦"，被清代诗人、文学家王士祯称为"人工天巧，可成绝唱"，这四个字千古流传，直到今天仍然被人们所喜爱。而"海棠依旧"，我们自然会想起敬爱的周总理与邓颖超，每年的海棠花开，都是我们想念总理的时节。再如《一剪梅》："红藕香残玉簟秋，轻解罗裳，独上兰舟。云中谁寄锦书来，雁字回时，月满西楼。花自飘零水自流，一种相思，两处闲愁。此情无计可消除，才下眉头，却上心头。"此词作于崇宁年间，因受党争株连，李清照被迫回娘家后，思念丈夫赵明诚所作。李清照的这首《一剪梅》堪称千古绝唱，通篇都是佳句。比如"云中谁寄锦书来""花自飘零水自流"，虽然用的都是旧典，但是意象唯美，一直非常受欢迎。最后的"此情无计可消除，才下眉头，却上心头"三句，委婉地写出了诗人独特的思想情怀，堪称绝句，流传千古。李清照的《醉花阴》："薄雾浓云愁永昼，瑞脑销金兽。佳节又重阳，玉枕纱厨，半夜凉初透。东篱把酒黄昏后，有暗香盈袖。莫道不销魂，帘卷西风，人比黄花瘦。"当初这首词是和一封信同时从词人原籍，寄给时在汴京担任朝中要职鸿胪少卿的赵明诚，让赵明诚大为感动。从此"莫道不销魂，帘卷西风，人比黄花瘦"成为绝句，不翼而飞，流传至今。

李清照的诗词，是她人生远大志向的真实写照。她不平凡的人生、跌宕起伏的坎坷经历为她的诗作增添了丰富的内容；曾经的辉煌、有过的美好婚姻、以后颠沛流离的生活与国破山河碎的残酷现实，赋予李清照诗歌创作特殊的使命；赵明诚的离世，使她失去了挚爱的伴侣，而误入张汝舟的魔爪成为她人生最大的痛，但坚强的人生意志、不屈的意志与逃脱张汝舟魔爪的决心，让李清照获得重生。远大的追求、不屈的意志与天才般的文学才华，让李清照在历经磨难后的中晚年，其诗词的光芒依然闪耀。李清照的《武陵春·春晚》："风住尘香花已尽，日晚倦梳头。物是人非事事休，欲语泪先流。闻说双溪春尚好，也拟泛轻舟。只恐双溪舴艋舟。载不动，许多愁。"此词是公元1135年5月前后在金华所作，是时赵明诚去世已五年，她又经历了再嫁张汝舟的风波，这首词表达了她对赵明诚的思念与对无赖小人张汝舟的轻蔑。其中"物是人非事事休，欲语泪先流"与"载不动，许多愁"表达的情感之深厚，用语之经典，堪称绝句。李清照的《渔家傲·记梦》："天接云涛连晓雾，星河欲转千帆舞。仿佛梦魂归帝处，闻天语，殷勤问我归何处。我报路长嗟日暮，学诗谩有惊人句。九万里风鹏正举。风休住，蓬舟吹取三山去。"这首词创作有着复杂的背景，其时高宗定海上船，往泉州与福州避兵。从史书记载，李清照并没有去过闽，当时条件也不允许，词中表达的更多的是托梦想象。"九万里风鹏正举。风休住，蓬舟吹取三山去。"表明李清照要像大鹏那样乘万里风高飞远举，离开那动荡不安的社会。叫风不要停止地吹着，把她的轻快小舟吹到仙山去，使她过上自由自在的生活。

"九万里风鹏正举"，让我们从李清照的不朽诗词中汲取力量，鼓舞我们前进。当前，我们进入了一个新的时代，让我们高举时代的旗帜，在万里长空，展翅飞翔，开创更加宏伟的事业。

2023.1.2

野火烧不尽，春风吹又生

——读白居易的诗词

　　白居易（772—846 年），字乐天，号香山居士，又号醉吟先生，祖籍山西太原，生于河南新郑。白居易是唐代伟大的现实主义诗人，唐代三大诗人之一。白居易与元稹共同倡导新乐府运动，世称"元白"，与刘禹锡并称"刘白"。

　　白居易的诗篇既有着绵绵情感，又充满着激情；既有对美好大自然的尽情赞美，又有深刻的人生哲理；既有长篇抒情诗，又有经典短语，堪称一位现实主义的伟大诗人。读了白居易的诗篇，你会从中得到鼓舞，受到熏陶，获得力量，增加知识。

　　《长恨歌》是白居易流传广泛的著名诗篇，里面警句连篇，妙语连珠，如"杨家有女初长成，养在深闺人未识""天生丽质难自弃，一朝选在君王侧""回眸一笑百媚生，六宫粉黛无颜色""后宫佳丽三千人，三千宠爱在一身"等，特别是结尾"在天愿作比翼鸟，在地愿为连理枝。天长地久有时尽，此恨绵绵无绝期"的绝句更是广为流传。

　　《长恨歌》的中心思想是批评唐玄宗重色误国导致安史之乱，

同时又同情唐玄宗和杨贵妃的爱情悲剧，歌颂他们生死不渝的爱情，全诗的艺术性极高。史料的选用、故事的浪漫、语言的生动，都达到了一个前所未有的水平，对爱情力量的歌颂达到了一种新高度，爱情可以使生者死，可以使死者生，这样的力量在此之前还没有过，因此《长恨歌》是关于爱情的千古佳作。

白居易的《钱塘湖春行》："孤山寺北贾亭西，水面初平云脚低。几处早莺争暖树，谁家新燕啄春泥。乱花渐欲迷人眼，浅草才能没马蹄。最爱湖东行不足，绿杨阴里白沙堤。"此诗通过对杭州西湖早春明媚风光的描绘，抒发了作者早春游湖的喜悦和对西湖风景的喜爱，表达了作者对于自然之美的热爱之情。全诗结构谨严，衔接自然，对仗精工，语言浅近，用词准确，气质清新，短短四句之中，后面三句都是流传千古的名句，每每读之就让人心旷神怡。尤其是诗中第三句"乱花渐欲迷人眼，浅草才能没马蹄"，有着深刻的哲理，既是初春西湖美景的生动写照，更是我们人生路上的思考，一语双关，寓意深远，堪称神来之笔，这首诗成为历代吟咏西湖的名篇。

白居易的《忆江南三首》：

> 江南好，风景旧曾谙。日出江花红胜火，春来江水绿
> 如蓝。能不忆江南？
> 江南忆，最忆是杭州。山寺月中寻桂子，郡亭枕上看
> 潮头。何日更重游？
> 江南忆，其次忆吴宫。吴酒一杯春竹叶，吴娃双舞醉
> 芙蓉。早晚复相逢？

这三首词，是白居易关于江南风景最美好的词，他曾在杭州、苏州任职，任过杭州刺史与苏州刺史，为杭州、苏州的建设做出过重要贡献，留下了深厚的情感与难忘的回忆。这三首词，是他在老年时对杭州、苏州与江南美丽风景的回忆。其中"日出江花红胜火，春来江水绿如蓝。能不忆江南""江南忆，最忆是杭州""吴酒一杯春竹叶""早晚复相逢"成为流传广泛的绝句。白居易的这些词句距今已有1000多年了，但漫长的岁月并没有淹没这些词句的光辉，直到现在，白居易的这些词句仍然是描写江南最好的词句之一，是杭州最亮的名片，是关于江南最好的名篇。

白居易的《放言五首·其三》："赠君一法决狐疑，不用钻龟与祝蓍。试玉要烧三日满，辨材须待七年期。周公恐惧流言日，王莽谦恭未篡时。向使当初身便死，一生真伪复谁知。"此诗的意译：送你一个辨别忠奸的办法，不用钻烧乌龟壳与算蓍草（占卜的方式）。分辨一块玉石的真假，就把它放到火里烧三天。要知道一棵豫樟树能不能成材，起码得先等它长七年。周公当初辅佐时，曾被人怀疑他要篡位；王莽没有篡汉的时候，却表现得十分恭敬。假如他们当时就死了，谁知道哪一个是伪君子，哪一个是真小人呢？比如林彪事件，就是一个极好的例证，万岁不离口的接班人林彪竟然企图要谋害伟大领袖毛主席，另立中央，这是任何人都无法想象的事。九一三事件彻底暴露了林彪虚伪而凶残的真面貌。

这首诗告诉了我们识人辨人的方法。时间是检验真假的关键，对人才要盖棺论定，要在长期的实践中考察，要通过时间来检验，如果过早地下结论，就容易为一时表面现象所蒙蔽，不辨真伪。因此，白居易这首诗，是关于如何识人的名篇。

白居易的《赋得古原草送别》："离离原上草，一岁一枯荣。野火烧不尽，春风吹又生。远芳侵古道，晴翠接荒城。又送王孙去，萋萋满别情。"这篇诗篇译文：原野上长满茂盛的青草，年年岁岁枯萎了又苍翠。原野上的大火无法烧尽，春风一吹它又生机勃发。芳草的馨香弥漫着古道，阳光照耀下碧绿连荒城。又送游子远行踏上古道，满怀离情望着萋萋芳草。

任何有生命力的事物，都不会被一时的狂风暴雨摧垮，暴风雨过后，在明媚的阳光下，在万物复苏的日子里，在万紫千红的春天里，它一定还会顽强地生长，恢复它蓬勃的生机，以更加旺盛的生命力茁壮成长，这是任何力量都挡不住的，这就是事物发展的规律。

让我们从白居易的不朽诗篇中获取再出发的力量吧，让我们在这些不朽诗篇中找到信心与动力吧，让我们满怀激情拥抱更加美好的春天吧！

2022.2.2

与君子同行

——读欧阳修的诗词

欧阳修（1007 年 8 月 6 日—1072 年 9 月 22 日），字永叔，号醉翁，晚号六一居士，江南西路吉州庐陵永丰（今江西省吉安市永丰县）人，景德四年（1007 年）出生于绵州（今四川省绵阳市），北宋政治家、文学家。

欧阳修是在宋代文学史上最早开创一代文风的文坛领袖，与韩愈、柳宗元、苏轼、苏洵、苏辙、王安石、曾巩合称"唐宋八大家"，并与韩愈、柳宗元、苏轼被后人合称"千古文章四大家"。

欧阳修的《浪淘沙·把酒祝东风》："把酒祝东风，且共从容。垂杨紫陌洛城东，总是当时携手处，游遍芳丛。聚散苦匆匆，此恨无穷。今年花胜去年红，可惜明年花更好，知与谁同？"这首词意译：端起酒杯向春风祈祷，不要匆匆离去。洛阳城东郊外的小道已是杨柳低垂，这是去年携手同游的地方，当时我们游遍了姹紫嫣红的花丛。人生短暂，相聚和分别都是太匆匆，留下离别的遗恨却是无尽无穷。今年的花红胜过了去年，明年的花儿肯定会更加美好，可惜不知那时，谁将和我一起同游。"今年花胜去年红，可惜明年花更好，知与谁同？"这首词是对过去美好岁月的回忆，是对曾经美好的留恋，是对逝去岁月的珍惜。

欧阳修的《蝶恋花·庭院深深深几许》："庭院深深深几许，杨柳堆烟，帘幕无重数。玉勒雕鞍游冶处，楼高不见章台路。雨横风狂三月暮，门掩黄昏，无计留春住。泪眼问花花不语，乱红飞过秋千去。"意译：庭院深深，不知有多深？杨柳依依，飞扬起片片烟雾，一重重帘幕不知有多少层。豪华的车马停在贵族公子寻欢作乐的地方，登上高楼也望不见通向章台的大路。风狂雨骤的暮春三月，再把重门将黄昏景色掩闭，也无法留住春意。泪眼汪汪问落花可知道我的心意，落花默默不语，纷乱地，零零落落一点一点飞到秋千外。此词描写闺中少妇的伤春之情。全词由景到物，曲折委婉，虚实结合，语气自然，情意深深，一气呵成，对少妇的心理进行了深刻的描绘，传神般地体现了深闺怨妇的心情。

欧阳修的《玉楼春·尊前拟把归期说》："尊前拟把归期说，欲语春容先惨咽。人生自是有情痴，此恨不关风与月。离歌且莫翻新阕，一曲能教肠寸结。直须看尽洛城花，始共春风容易别。"此词咏叹离别。上片，中天明月、楼台清风原本无情，与人事了无关涉，只因情痴人眼中观之，遂皆成伤心断肠之物。下片，离歌一曲，愁肠寸结，离别的忧伤极哀。只有饱尝爱恋的欢娱，分别才没有遗憾，正如同赏看尽洛阳牡丹，才容易送别春风归去。

欧阳修的《生查子·元夕》："去年元夜时，花市灯如昼。月上柳梢头，人约黄昏后。今年元夜时，月与灯依旧。不见去年人，泪湿春衫袖。"词的上片写去年元夜情事。头两句写元宵之夜的繁华热闹，后两句情景交融，写出了恋人在月光柳影下两情依依、情话绵绵的景象。下片写今年元夜相思之苦。"月与灯依旧"与"不见去年人"相对照,引出"泪湿春衫袖"这一旧情难续的沉重哀伤。

欧阳修不仅是杰出的诗人与词人,同样是卓越的散文家,他的很多散文成为经典而一直流传至今。欧阳修的著名散文有:《朋党论》《五代史伶官传序》《醉翁亭记》《丰乐亭记》《秋声赋》《祭石曼卿文》《卖油翁》等。欧阳修的《醉翁亭记》《卖油翁》选入了语文课本,更是家喻户晓,千古流传。《醉翁亭记》中的"醉翁之意不在酒,在乎山水之间也。山水之乐,得之心而寓之酒也"更是成为绝句而流传千年。

欧阳修的《朋党论》中就君子与小人的区别做了深刻论述:"臣闻朋党之说,自古有之,惟幸人君辨其君子小人而已。大凡君子与君子以同道为朋,小人与小人以同利为朋,此自然之理也。

"然臣谓小人无朋,惟君子则有之。其故何哉?小人所好者禄利也,所贪者财货也。当其同利之时,暂相党引以为朋者,伪也;及其见利而争先,或利尽而交疏,则反相贼害,虽其兄弟亲戚,不能自保。故臣谓小人无朋,其暂为朋者,伪也。君子则不然。所守者道义,所行者忠信,所惜者名节。以之修身,则同道而相益;以之事国,则同心而共济;终始如一,此君子之朋也。故为人君者,但当退小人之伪朋,用君子之真朋,则天下治矣。"

《朋党论》深刻地阐明了君子与小人的区别,指出"大凡君子与君子以同道为朋,小人与小人以同利为朋",他又指出"小人无朋,其暂为朋者,伪也。君子则不然。所守者道义,所行者忠信,所惜者名节。以之修身,则同道而相益;以之事国,则同心而共济;终始如一,此君子之朋也"。由此可见,要与君子同行,君子守道,君子忠信,君子珍重名节,君子注意修身。要交君子,要选择君子为朋友，要远离那些势利小人。

综观伟大文学家欧阳修的文学作品，无论是诗词还是散文，无论是爱情还是朋友，无论是聚还是散，无论是悲还是喜，无论是惜春还是惜情，无论是饮酒还是观景，都有一根贯通的线，这根线是如此地鲜明，这种情感是如此地炽烈，而我们在评价欧阳修时容易忽略这点，更多地侧重于他的文学成就。这根主线就是强调人，就是强调爱，对生活的爱，对大自然的爱，对春天的爱，对花的爱，对情感的爱，对人的爱。就是对悲欢离合的万千不舍，就是对君子朋友的无比珍惜。这根主线就是朋友之间的情，一定要与君子交朋友，要与志同道合者一起前行，共同谋事业。

与志同道合者前行。"道不同不相为谋，志不同不相为友"，这是孔子的箴言，也是欧阳修的忠告，我们要谨慎选择朋友，要与志同道合者一起前行，这样才能走得更远，飞得更高。必须远离那些小人，以各种虚假面貌与欺骗手段出现的小人，终究不会长久，一定会被人识破，毕竟纸是包不住火的，伪装应当剥去。

"物以类聚，人以群分。"正确选择是人生所必需，正确选择是生命所必需，正确选择是安全所必需，正确选择是发展所必需。必须选择好同行者，与君子同行，必须远离那些小人。与君子同行，与志同道合者前行，才能脱离险境，远离苦海；与君子同行，与志同道合者前行，春天才会来到，明媚的阳光才会照耀；与君子同行，与志同道合者前行，发展的机会才能把握，道路才会越走越宽；与君子同行，与志同道合者前行，才能冲破黎明前的黑暗，迎来胜利的曙光。

2023.2.3

东边日出西边雨

——读刘禹锡的诗

刘禹锡（772—842），字梦得，籍贯河南洛阳，生于河南郑州荥阳，自述"家本荥上，籍占洛阳"，其先祖为中山靖王刘胜。唐朝时期大臣、文学家、哲学家，有"诗豪"之称。

刘禹锡之所以被叫作"诗豪"，是因为他有坚强的意志，豪迈的情怀，在人生路上无论遇到什么困难，都能泰然处之，乐观对待，无论被贬何处，总能找到安慰自己的乐趣。刘禹锡一生坎坷，被贬巴蜀二十三年，终于回到京都，他没有满腔愤懑，却写下了"沉舟侧畔千帆过，病树前头万木春"的经典。刘禹锡之所以被称为"诗豪"，是因为他的诗句充满豪情壮志，警句连篇，鼓舞着人的斗志，如"山不在高，有仙则名。水不在深，有龙则灵""旧时王谢堂前燕，飞入寻常百姓家""晴空一鹤排云上，便引诗情到碧霄""东边日出西边雨，道是无晴却有晴"等，都是经典之句，是千年绝唱，流传至今，被人津津乐道。

刘禹锡的《陋室铭》："山不在高，有仙则名。水不在深，有龙则灵。斯是陋室，惟吾德馨。苔痕上阶绿，草色入帘青。谈笑有鸿儒，往来无白丁。可以调素琴，阅金经。无丝竹之乱耳，无案牍之劳形。南阳诸葛庐，西蜀子云亭。孔子云：何陋之有？"

《陋室铭》是唐代诗人刘禹锡所创作的一篇托物言志的骈体铭文。全文短短八十一字，作者借赞美陋室抒写自己志行高远、安贫乐道、不与世俗同流合污的远大志向。文章先以山水起兴，点出"斯是陋室，惟吾德馨"的主旨，接着从室外景、室内人、室中事方面着笔，渲染陋室的高雅境界，并引古代俊杰之居，引古代圣人孔子之言强化，成为一篇名篇。其中"山不在高，有仙则名。水不在深，有龙则灵"成为千古绝句。山不在于高，有了神仙就会有名气。水不在于深，有了龙就会有灵气。这是简陋的房子，只要我品德好就感觉不到简陋了。这句诗词应当成为我们的座右铭，无论我们身处何方，无论我们身在何时，无论我们身临何境，只要我们有远大志向，有坚强的意志，坚韧不拔地努力，一定能冲破各种困难与阻挠，实现自己的梦想。

刘禹锡的《酬乐天扬州初逢席上见赠》："巴山楚水凄凉地，二十三年弃置身。怀旧空吟闻笛赋，到乡翻似烂柯人。沉舟侧畔千帆过，病树前头万木春。今日听君歌一曲，暂凭杯酒长精神。"

此诗意译：被贬谪到巴山楚水这些荒凉的地区，已经度过了二十三年的光阴。怀念故去旧友徒然吟诵闻笛小赋，久谪归来感到已非旧时光景。沉船旁仍有千千万万的帆船经过，枯萎树木的前面也有万千新树木欣欣向荣。今天听了你为我吟诵的诗篇，暂且借这一杯美酒振奋精神。

"沉舟侧畔千帆过，病树前头万木春"已成为千古名句，形容新生事物蓬勃朝气，欣欣向荣，锐不可当。比喻新事物的发展不以人的意志为转移，一往无前。我们要勇敢地与过去告别，与一切旧事物告别，迎接新的未来，迎接欣欣向荣的明天。

刘禹锡的《乌衣巷》："朱雀桥边野草花，乌衣巷口夕阳斜。旧时王谢堂前燕，飞入寻常百姓家。"《乌衣巷》是组诗《金陵五题》中的一篇，也是寄物咏怀的名篇。诗人此前尚未到过金陵，友人将自己写的五首咏金陵古迹诗给他看，刘禹锡便乘兴和了五首。乌衣巷原是金陵这个六朝古都贵族们居住的地方，而如今有名的朱雀桥边竟长满野草，乌衣巷口也不见车马出入，只有夕阳斜照在巷口，暗含了诗人对荣枯兴衰的敏感体验。

兴衰起伏，世事变迁，时代交替，是一种不可阻挡的历史潮流，但留给人们的往往是伤感的情怀与难忘的记忆，刘禹锡的这首诗用艺术的语言、怀旧式的方式，记录下这种伤感，从而成为千古经典。

刘禹锡的《秋词二首·其一》："自古逢秋悲寂寥，我言秋日胜春朝。晴空一鹤排云上，便引诗情到碧霄。"秋，一般被秋悲、秋落的情绪所笼罩，但在诗人眼里却是"秋日胜春朝"的另一番风景。在秋日的暖阳下，白云飘浮在开阔景色里，那凌空飞翔的鹤，载着诗情，一同到了云霄。"排云上"用词绝妙，不是飞上，而是"排云上"，一个"排"，把鹤的鲜明姿态跃然纸上，这句选择了典型事物具体生动地勾勒了一幅壮美的画面。

刘禹锡的《竹枝词二首·其一》："杨柳青青江水平，闻郎江上唱歌声。东边日出西边雨，道是无晴却有晴。"这首《竹枝词》细腻地描绘了一出少女心事。"杨柳青青江水平，闻郎江上唱歌声"，这两句写景，春日清丽，岸边杨柳青青，江面平缓，悦耳的歌声从江中飘来，传入岸边的少女耳中。听到心上人的歌声，更加春色撩人。

"东边日出西边雨，道是无晴却有晴"，这两句看似写景，实际却是抒情，心理活动写得更是巧妙。"东边日出西边雨"就是"东边天晴西边落雨"的意思，而"道是无晴却有晴"是双关语，没有晴天却有晴天，"晴"是"情"的谐音，说人（郎君）的表现，看似无情却有情。

现在人们赋予"东边日出西边雨，道是无晴却有晴"这两句诗篇以更多的含义，可以用来形容气候、风雨、事物、发展、问题、爱情等，将丰富多彩的世界准确描绘。

读着刘禹锡的诗篇，感受到一种蓬勃的精神，那是温暖的春风扑面，那是浓烈的秋香扑鼻，那是进军的鼓点，那是出发的号角，那是一种强大的自信心，那是无比美好的新生活在招手，那是一种从未有过的美好希望！

2023.2.4

独钓寒江雪

——读柳宗元的诗词

柳宗元（773 年—819 年 11 月 28 日），字子厚，汉族，祖籍河东郡（今山西省运城市永济、芮城一带）人，世称"柳河东""河东先生"。因官终柳州刺史，又称"柳柳州""柳愚溪"。唐代文学家、哲学家、散文家和思想家。

柳宗元与韩愈共同倡导唐代古文运动，并称"韩柳"，与刘禹锡并称"刘柳"，与王维、孟浩然、韦应物并称"王孟韦柳"。柳宗元一生留诗文作品达 600 余篇，其文的成就大于诗。

在诗词中，柳宗元的《江雪》最有名："千山鸟飞绝，万径人踪灭。孤舟蓑笠翁，独钓寒江雪。"词意解释：所有的山，飞鸟全都断绝；所有的路，不见人影踪迹。江上孤舟，渔翁披蓑戴笠；独自垂钓，不怕冰雪侵袭。"孤舟蓑笠翁，独钓寒江雪"表达了柳宗元在遭受打击之后不屈而又深感孤寂的情绪，充分展示了诗人摆脱世俗、超然物外的清高孤傲。

诗人在永贞革新失败后，被贬到有"南荒"之称的永州（湖南），处境孤独，但仍傲岸不屈，写下了这首千古传颂的名诗。后人对这首诗有高度评价，宋代诗人范晞文在《对床夜话》中评价柳宗元的《江雪》是："唐人五言四句，除柳子厚《钓雪》一首之外，极少佳者。"

柳宗元的《渔翁》："渔翁夜傍西岩宿，晓汲清湘燃楚竹。烟销日出不见人，欸乃一声山水绿。回看天际下中流，岩上无心云相逐。"

译文：渔翁晚上停船靠着西山歇宿，早上汲取清澈的湘水，以楚竹为柴做饭。旭日初升，云雾散尽四周悄然无声，渔翁摇橹的声音从碧绿的山水中传出。回身一看，他已驾舟行至天际中流，山岩顶上，只有无心白云相互追逐。

《渔翁》是柳宗元创作的一首山水小诗。此诗以景达情，以情铭志，通过渔翁在山水间获得内心宁静的描写，表达了作者在政治革新失败、自身遭受打击后寻求超脱的心境。全诗风情飘逸，如同一幅美丽的山水画，充满了色彩和动感，境界奇妙动人。

《捕蛇者说》是柳宗元的散文名篇。文本抓住蛇毒与苛政之毒的联系，巧用对比，通过捕蛇者与毒蛇之毒来衬托赋税之毒，突出了社会的黑暗。文章笔锋犀利，文情并茂，堪称散文中的杰作，千百年来一直广为传颂，该文被收入语文版九年级上册。

现摘《捕蛇者说》文中最后一段："余闻而愈悲，孔子曰：'苛政猛于虎也！'吾尝疑乎是，今以蒋氏观之，犹信。呜呼！孰知赋敛之毒有甚是蛇者乎！故为之说，以俟夫观人风者得焉。"

译文：蒋氏的诉说我越听越悲伤。孔子说："苛酷的统治比老虎还要凶暴啊！"我曾经怀疑过这句话，现在根据蒋氏的遭遇来看这句话，还真是可信的。唉！谁知道苛捐杂税的毒害比这种毒蛇的毒害更厉害呢！所以我写了这篇文章，以期待那些朝廷派遣的来考察民情的人得到它。

柳宗元的《黔之驴》，是散文名篇："黔无驴，有好事者船载以入。至则无可用，放之山下。虎见之，庞然大物也，以为神，蔽林间窥之。稍出近之，慭慭然，莫相知。

"他日，驴一鸣，虎大骇，远遁；以为且噬己也，甚恐。然往来视之，觉无异能者；益习其声，又近出前后，终不敢搏。稍近，益狎，荡倚冲冒。驴不胜怒，蹄之。虎因喜，计之曰：'技止此耳！'因跳踉大㘎，断其喉，尽其肉，乃去。

"噫！形之庞也类有德，声之宏也类有能。向不出其技，虎虽猛，疑畏，卒不敢取。今若是焉，悲夫！"

《黔之驴》告诉我们，要透过现象看本质，才能取得成功。从另一个角度来看，驴体型巨大，声音洪亮，看起来很有能耐，只是很可惜虚有其表，黔驴技穷，落得这么个可悲的下场。它还旨在警告人们，必须学习真正的技能来保护自己，能力与形貌并不成正比，外强者往往中干。寓言旨在讽刺那些无能而又肆意逞志的人，影射当时统治集团中官高位显、仗势欺人而无才无德、外强中干的某些上层人物。

读着柳宗元的诗，为他的"独钓寒江雪"的精神钦佩，在任何逆境中都要保持诗人"独钓寒江雪"的清醒与不屈的高贵品格；读着柳宗元的诗，被他的山水意境而迷住，为风情万千的图画而动感，仿佛置身于迷人的山水之间。读着柳宗元的散文，为他那种忧国忧民的真诚所感动，这些散文以优美的笔调，细腻的风格，鲜明的态度，通俗的寓言，精练的语言，深刻的哲理，字字珠玑，句句经典，向我们讲述了《黔之驴》的故事，从中告诉我们深刻的哲理；以《捕蛇者说》亲自倾情诉说，向当权者大声疾呼"苛政猛于虎"，作者揭示的这些哲理至今仍然闪耀着智慧的光芒，而这些优美的散文被世代流传，成为文学瑰宝。

2023.2.5

总把新桃换旧符

——读王安石的诗文

王安石（1021年12月19日—1086年5月21日），字介甫，号半山，抚州临川（今江西省抚州市）人，中国北宋时期著名的政治家、文学家、思想家、改革家。

王安石不仅是著名的政治家、哲学家，也是伟大的文学家。其散文简洁峻切，短小精悍，论点鲜明，逻辑严密，名列"唐宋八大家"；其诗"学杜得其瘦硬"，擅长于说理与修辞，晚年诗风含蓄深沉、深婉不迫，以丰神远韵的风格在北宋诗坛自成一家，他的很多名诗名篇流传至今。

王安石的《元日》："爆竹声中一岁除，春风送暖入屠苏。千门万户曈曈日，总把新桃换旧符。"此诗描写春节除旧迎新的景象，在一片爆竹声中送走了旧的一年，饮着醇美的屠苏酒（古时的一种酒），感受到了春天的气息。初升的太阳照耀着千家万户，家家门上的桃符都换成了新的。

这是一首千百年来一直传颂的名诗，特别是在告别旧岁，迎接新年、春天到来之时，是最好的诗篇，至今还没有更好的其他诗篇能取代这首诗。这首诗以轻快的语句，流畅的笔调，经典的语言，把人们辞旧迎新的迫切心情表达了出来。

"总把旧桃换新符"表现出了新事物的不可战胜，表达了诗人锐意改革图新的坚强决心。此诗作于王安石初拜相而始行己之新政时。为摆脱宋王朝所面临的政治、经济危机以及辽、西夏不断侵扰的困境，1068年，宋神宗召王安石"越次入对"，王安石即上书主张变法。次年任参知政事，主持变法。同年新年，王安石联想到变法伊始的新气象，有感创作了此诗。

诗言志，诗抒情，诗写景，情景交融，以景达情，借景言志，诗人用这首诗表达了政治改革出现的新气象，歌颂了美好春天的到来，一语双关，一诗跨千年，成为不朽的千古诗篇。

王安石的《泊船瓜洲》："京口瓜洲一水间，钟山只隔数重山。春风又绿江南岸，明月何时照我还？"这是一首七言绝句。诗中首句通过写京口和瓜洲距离之短及船行之快，流露出一种轻松、愉悦的心情；第二句写诗人回望居住地钟山，产生依依不舍之情；第三句描写了春意盎然的江南景色；最后以疑问语气结尾，再一次强调了对故乡的思念。全诗不仅借景抒情，寓情于景，而且在叙事上也富有情致，境界开阔，格调清新。

公元1070年（神宗熙宁三年），王安石被任命为同平章事（宰相），开始推行变法。但是由于反对势力的攻击，他几次被迫辞去宰相的职务。这首诗写于熙宁八年（公元1075年）二月，正是王安石第二次拜相进京之时。诗中有对家乡的依恋与不舍，有对第二次拜相进京的复杂心情，有对美好春天的赞美。

"春风又绿江南岸"是一句千古名诗，特别是一个"绿"字使整首诗充满了盎然生机，活跃了江南的春天，美丽如画的江南春色展现在你的面前，堪称千古一绝。听说这个"绿"字也是诗人几易其稿，最后才定下来的。千锤百炼出经典，反复修改出精品，一个"绿"字，使整首诗活起来了。

王安石的《梅花》："墙角数枝梅，凌寒独自开。遥知不是雪，为有暗香来。"译文：那墙角的几枝梅花，冒着严寒独自盛开。为什么远望就知道洁白的梅花不是雪呢？因为梅花隐隐传来阵阵的香气。

这首诗的创作背景：王安石变法的新主张被推翻，两次辞相两次再任，王安石的改革被保守派推翻。这首诗是王安石罢相之后退居钟山后所作。

诗人通过对梅花不畏严寒的高洁品性的赞赏，用雪喻梅的冰清玉洁，又用"暗香"点出梅胜于雪，反映了作者在北宋极端复杂和艰难的局势下，在孤立无助时所保持的高洁与伟大的人格魅力，这与梅花自然有共通的地方。

王安石的《登飞来峰》："飞来山上千寻塔，闻说鸡鸣见日升。不畏浮云遮望眼，只缘身在最高层。"这是一首七言绝句，诗的第一句写峰上古塔之高，写出自己的立足点。第二句巧妙地虚写出在高塔上看到的旭日东升的辉煌景象，表现了诗人对前途充满信心。诗的后两句"不畏浮云遮望眼，只缘身在最高层"，承接了前两句以景抒情，使诗歌既有生动的形象又有深刻的哲理。古人常有浮云蔽日、邪臣蔽贤的忧虑，而诗人加上"不畏"二字，表现了诗人在政治上高瞻远瞩、不畏奸邪的勇气和决心。

"不畏浮云遮望眼，只缘身在最高层"，这千古不朽的诗句，一直鼓舞着人们在前进道路上奋勇登攀。我们要站得高，看得远，要有宏大的理想，要有远大的目标，要有宏大的格局，不要畏惧眼前的困难，不要被眼前可能出现的乱象所迷惑，不要满足已经取得的成绩，不要停止现在的脚步，要向更高的目标攀登。

王安石的《伤仲永》："金溪民方仲永，世隶耕。仲永生五年，未尝识书具，忽啼求之。父异焉，借旁近与之，即书诗四句，并自为其名。其诗以养父母、收族为意，传一乡秀才观之。自是指物作诗立就，其文理皆有可观者。邑人奇之，稍稍宾客其父，或以钱币乞之。父利其然也，日扳仲永环谒于邑人，不使学。

"余闻之也久。明道中，从先人还家，于舅家见之，十二三矣。令作诗，不能称前时之闻。又七年，还自扬州，复到舅家问焉，曰'泯然众人矣。'

"王子曰：仲永之通悟，受之天也。其受之天也，贤于材人远矣。卒之为众人，则其受于人者不至也。彼其受之天也，如此其贤也，不受之人，且为众人；今夫不受之天，固众人，又不受之人，得为众人而已耶？"

这篇文章以方仲永的事例，说明人受之于天虽异，但还得受之于人，否则就将复为众人，进而说明未受之于天者，本来就是众人，如果不受之于人，恐怕连作"众人"也难，而且强调了后天学习的重要性，表现了王安石早期朴素的唯物主义思想。文题为"伤仲永"，文中却未见一个"伤"字，然而全篇写的正是一个"伤"字。

王安石的诗，给人蓬勃向上的鼓舞，体现了诗人在政治变革的逆境中，毫不退缩，坚定向上，坚强不屈，无所畏惧的意志，充满着对美好生活的向往，对美好大自然的赞美，号召人们要做傲雪的红梅；王安石的散文，充满唯物主义的哲理，人虽有先天之差别，但后天的学习依然或者说更重要。

诗言志，任何文学作品都是作者在特定的背景下完成的，都表达了作者特定的情感，都体现了作者特定的思想，王安石的诗篇也不例外，一首首出神入化的诗篇，一篇篇充满情怀的战斗的檄文，一句句优美经典的文字，一段段精彩美妙的语言，都是他作为政治家、改革家、哲学家与文学家的特殊的思想文学产物。这些作品光芒闪耀，字字珠玑，千百年来一直伴随着我们走过无数的风云岁月，一直没有褪色。

2023.2.6

千里马常有，而伯乐不常有

——读韩愈的诗文

韩愈（768 年—824 年 12 月 25 日），字退之，河南河阳（今河南孟州）人，一说怀州修武（今河南修武）人，自称"郡望昌黎"，世称"韩昌黎""昌黎先生"。唐代中期官员，著名的文学家、思想家、哲学家、政治家、教育家。

韩愈是唐代古文运动的倡导者，被后人尊为"唐宋八大家"之首，与柳宗元并称"韩柳"，有"文章巨公"和"百代文宗"之名。后人将其与柳宗元、欧阳修和苏轼合称"千古文章四大家"。

韩愈的《早春呈水部张十八员外》："天街小雨润如酥，草色遥看近却无。最是一年春好处，绝胜烟柳满皇都。"意译：京城大道上空丝雨纷纷，它像酥油般细密而滋润，远望草色依稀连成一片，近看时却显得稀疏。这是一年中最美的季节，远胜过绿柳满城的春末。

"最是一年春好处"是诗人对京城早春的热爱与向往，也成为人们在春天里最美好的一种选择，成为春天里一直在流传的一句经典。

韩愈的《调张籍》(节选):"李杜文章在,光焰万丈长。不知群儿愚,那用故谤伤。蚍蜉撼大树,可笑不自量。伊我生其后,举颈遥相望。夜梦多见之,昼思反微茫。"意译:李白、杜甫诗文并在,犹如万丈光芒照耀了诗坛。却不知轻薄文人愚昧无知,怎么能使用陈旧的诋毁之辞去中伤他们?就像那蚂蚁企图去摇撼大树,可笑他们也不估量一下自己。虽然我生活在李杜之后,但我常常追思仰慕着他们。晚上也常常梦见他们,醒来想着却又模糊不清。

"李杜文章在,光焰万丈长",诗人坚决捍卫李白、杜甫的地位,表达了诗人对李白、杜甫崇高地位的尊崇;同时,"李杜文章在,光焰万丈长"也成为千百年来赞美李白、杜甫最有影响力、最简洁的经典诗句。

韩愈的《左迁至蓝关示侄孙湘》:"一封朝奏九重天,夕贬潮州路八千。欲为圣明除弊事,肯将衰朽惜残年!云横秦岭家何在?雪拥蓝关马不前。知汝远来应有意,好收吾骨瘴江边。"意译:一篇谏书早晨上奏给皇帝,晚上就被贬官到路途遥远的潮州去。想替皇上除去有害的事,哪能因衰老就吝惜残余的生命。云彩横出于秦岭,我的家在哪里?在白雪厚积的蓝田关外,马也停住脚步。知道你远道而来定会有所打算,正好在瘴江边收殓我的尸骨。

这首诗的创作背景是元和十四年(公元 819 年),韩愈向唐宪宗上书,就是著名的《论佛骨表》,在书章中韩愈以大量的史实与数据,说明了没有佛教,帝王照样可以长命百岁,信奉佛法,不仅不会长国运,反而会亡国短命。韩愈奏章后,唐宪宗勃然大怒,原本要砍韩愈的脑袋,后经几位宰相劝说,韩愈免死,被贬潮州刺史。那时韩愈已经是五十一岁的年龄,过了天命之年,身体又不好，京城长安到广东东部的潮州，千里迢迢八千里，路上之艰难无法想象。而十七年前，韩愈被贬到阳山时，才三十六岁，那一次他花了六十天时间到达三千八百里之外的阳山。韩愈在接到诏书后的第二天就上路了，韩愈十二岁的小女儿，离开长安后不久就不幸夭折了，只好草草埋葬在路旁。韩愈走到位于长安东部的蓝田县时，他的一个侄孙等在那里迎候他，韩愈在此时写下了这首诗。

韩愈的这首诗充满悲壮与正义之气，风格沉郁，感情抑郁，手法高妙，笔势纵横，妙语连珠，特别是"云横秦岭家何在？雪拥蓝关马不前"成为最为传颂的精句，借景抒情，悲愤又豪迈。

韩愈不仅诗写得好，其文章更是一流，是"千古文章四大家"之一，他的《师说》《马说》《论佛骨表》《祭十二郎文》等都是散文的经典，是千古传世之作。

韩愈的《师说》是一篇名篇："古之学者必有师。师者，所以传道授业解惑也。人非生而知之者，孰能无惑？惑而不从师，其为惑也，终不解矣。生乎吾前，其闻道也固先乎吾，吾从而师之；生乎吾后，其闻道也亦先乎吾，吾从而师之。吾师道也，夫庸知其年之先后生于吾乎？是故无贵无贱，无长无少，道之所存，师之所存也。

"圣人无常师。孔子师郯子、苌弘、师襄、老聃。郯子之徒，其贤不及孔子。孔子曰：三人行，则必有我师。是故弟子不必不如师，师不必贤于弟子，闻道有先后，术业有专攻，如是而已。"

此文抨击当时"士大夫之族"耻于从师的错误观念，倡导从师而学的风气，同时，也是对那些诽谤者的一个公开答复和严正的驳斥，对后人"尊师重道"产生了深远影响。

"古之学者必有师"，这个观点同样适用于现代。现代科技更加复杂，交叉学科多，解决一些复杂的科技问题，往往需要多学科的合作与攻关，大家都要相互学习，相互补充，互为老师。现代经济社会的发展，遇到的挑战更多，涉及的学科更加广泛，需要的知识更多，要请教的老师也多。"闻道有先后，术业有专攻"，知道的道理有先有后，技能学术各有研究方向，但合作是潮流，互为师是趋势，社会在学习与发展中前进。

韩愈的《马说》同样是篇名篇：

> 世有伯乐，然后有千里马。千里马常有，而伯乐不常有。故虽有名马，祇辱于奴隶人之手，骈死于槽枥之间，不以千里称也。
>
> 马之千里者，一食或尽粟一石。食马者不知其能千里而食也。是马也，虽有千里之能，食不饱，力不足，才美不外见，且欲与常马等不可得，安求其能千里也？
>
> 策之不以其道，食之不能尽其材，鸣之而不能通其意，执策而临之，曰："天下无马！"呜呼！其真无马邪？其真不知马也！

此文长期入选中学语文教材。这篇文章以马为喻，谈的是人才问题，表达了作者对统治者不能识别人才、不重视人才、埋没人才的强烈愤慨。

"千里马常有，而伯乐不常有"，从古至今，发现与培养人才始终是关键，发现人才除了千里马自身的努力外，主要是要求伯乐为千里马成长提供良好的环境，要为千里马的成长提供足够的动力，要为千里马的脱颖而出创造一切可能的条件，要为千里马的发现提供多种通道。领导者一定要当好伯乐，要有让千里马超越自己的博大胸怀，要有一种勇于担当的历史责任，把发现与培养千里马作为一种神圣的使命。

"策之不以其道，食之不能尽其材，鸣之而不能通其意"，要求我们对人才不能求全责备，要多给人才以脱颖而出的机会，不能天天总叫"天下无马"，实际上千里马就在我们身边，关键是我们如何给那些未来的千里马以合适的、足够多的表现机会。

我们看到每当一部电影或电视剧火了以后，总会有一批原来默默无闻的演员突然红了起来，这是因为他们在这部片子中找到了可以施展他们才华的最好机会，是导演发现了他们并给了这个机会，导演成了他们大红大紫的伯乐。如最近爆红的电视剧《狂飙》就让张颂文、高叶等一批演员脱颖而出，成为人们追捧的热门影视明星，这股热潮无法阻挡。

读韩愈的诗，在春天向往"最是一年春好处"，渴望到春天最美的地方；读韩愈的诗，感受诗人对李白、杜甫的崇敬，"李杜文章在，光焰万丈长"永流传；读韩愈的诗，感受他的"云横秦岭家何在？雪拥蓝关马不前"的悲愤疾呼；读韩愈的《师道》，感受如何更好地理解孔子说的"三人行，必有我师"的深刻哲理；读韩愈的《马说》，深刻理解"千里马常有，而伯乐不常有"的道理，多做伯乐，多为千里马的脱颖而出创造一切条件。

2023.2.5

柳暗花明又一村

——读陆游的诗词

陆游（1125年11月13日—1210年1月26日），字务观，号放翁，汉族，越州山阴（今浙江绍兴）人，尚书右丞陆佃之孙，南宋文学家、史学家、伟大的爱国诗人。

陆游一生笔耕不辍，诗词文具有很高成就，兼具李白的雄奇奔放与杜甫的沉郁悲凉，尤以饱含爱国热情对后世影响深远。词与散文成就亦高。陆游"六十年间万首诗"（《小饮梅花下作》），是个"日课一首"的勤奋诗人，有《剑南诗稿》85卷，收诗9220首，加上逸稿共一万余首。

陆游的《游山西村》："莫笑农家腊酒浑，丰年留客足鸡豚。山重水复疑无路，柳暗花明又一村。箫鼓追随春社近，衣冠简朴古风存。从今若许闲乘月，拄杖无时夜叩门。"

译文：不要笑农家腊月里酿的酒浊而又浑，在丰收年景里待客菜肴非常丰繁。山峦重叠水流曲折正担心无路可走，柳绿花艳忽然眼前又出现一个山村。吹着箫打起鼓春社的日子已经接近，村民们衣冠简朴古代风气仍然保存。今后如果还能乘大好月色出外闲游，我一定拄着拐杖随时来敲你的家门。

"山重水复疑无路，柳暗花明又一村"，诗人描述了山水萦绕的迷路感觉与移步换形又见新景象的喜悦之情，其蕴含着深刻的生活哲理——不论前路多么难行，只要坚定信念，勇于开拓，人生就能"绝处逢生"，出现一个新境界。

"绝处逢生"，要有坚定的信念，要有坚强的决心，要有坚持到底的态度，要有坚韧不拔的精神；"绝处逢生"，要有创新的方法，要有智慧的光芒，要果断地调整，要有科学的态度；"绝处逢生"，只要坚持努力，总会在前方道路受阻时开辟新路子，总会在办法用尽时想出新法子，总会在思路阻塞时，突然茅塞顿开，总会在前路阻挡时又现新的路子，总会在迷茫时发现新的风景，总会在黑暗时让人心里一亮，总会在绝望时希望突现。

陆游的《卜算子·咏梅》："驿外断桥边，寂寞开无主。已是黄昏独自愁，更著风和雨。无意苦争春，一任群芳妒。零落成泥碾作尘，只有香如故。"

这是一首咏梅词，上阕集中写了梅花的困难处境，下阕写梅花的灵魂及生死观。词人以物喻人，托物言志，以清新的情调写出了傲然不屈的梅花，暗喻了作者虽终生坎坷却坚贞不屈，是咏梅词中的绝唱。

毛主席喜爱陆游的诗篇，但他对陆游的《卜算子·咏梅》有新的看法。毛主席的《卜算子·咏梅》较陆游咏梅词，反其意而用之：

"风雨送春归，飞雪迎春到。已是悬崖百丈冰，犹有花枝俏。俏也不争春，只把春来报。待到山花烂漫时，她在丛中笑。"

毛主席的《卜算子·咏梅》塑造了梅花俊美而坚韧不拔的形象，鼓励人们要有威武不屈的精神和革命到底的乐观主义精神。上阕主要写梅花傲寒开放的美好身姿，描绘梅花的美丽、积极与坚贞；下阕主要写梅花的精神风貌，表现了梅花坚强不屈、不畏寒冷，对春天充满信心和谦虚的风格。

"待到山花烂漫时，她在丛中笑"，表现了梅花的精神风貌，梅花坚强不屈、不畏寒冷，对春天充满信心和谦虚的风格。这里红梅也指共产党人，比喻党的事业取得伟大胜利、全国人民过上美好幸福生活之时，共产党人的胜利欢笑，这是共产党人博大的胸怀，也是对无数革命先辈的告慰，胜利之花献给革命先辈。

陆游的《钗头凤·红酥手》："红酥手，黄縢酒，满城春色宫墙柳。东风恶，欢情薄。一怀愁绪，几年离索。错、错、错。

"春如旧，人空瘦，泪痕红浥鲛绡透。桃花落，闲池阁。山盟虽在，锦书难托。莫、莫、莫！"

《钗头凤》是陆游送给前妻唐琬的一首爱情词作，当时陆游去沈园消解郁闷，偶然碰见了之前的爱人，感慨万分，于是为了表达对她的眷恋和思念之情，写下了这首《钗头凤》。

唐琬看到这首诗后，写下了《钗头凤·世情薄》：

世情薄，人情恶，雨送黄昏花易落。晓风干，泪痕残。欲笺心事，独语斜阑。难，难，难！

人成各，今非昨，病魂常似秋千索。角声寒，夜阑珊。怕人寻问，咽泪装欢。瞒，瞒，瞒！

陆游与唐婉的爱情悲剧因历史而造成，而他（她）们的爱情故事因《钗头凤》而千古流传，成为永远的爱情词作经典而被传颂。

陆游的《冬夜读书示子聿》：

古人学问无遗力，少壮工夫老始成。纸上得来终觉浅，绝知此事要躬行。

这是陆游的一首教子诗，作于宋宁宗庆元五年（公元1199年）底。诗人就知识的获取，从两方面谈了自己的看法：一是要花气力，从少年起就努力，二是"要躬行"。

"纸上得来终觉浅，绝知此事要躬行"，从书本上得来的知识，毕竟是不够完善的。如果想要深入理解其中的道理，必须亲自实践才行。

毛主席在《实践论》中指出："你要有知识，你就得参加变革现实的实践。你要知道梨子的滋味，你就得变革梨子，亲口吃一吃。……中国人有句老话：'不入虎穴，焉得虎子。'这句话对于人们的实践是真理，对于认识论也是真理。离开实践的认识是不可能的。"《毛泽东选集》（第一卷，第287—288页），陆游的诗篇则是体现了实践第一这个唯物主义哲理，从而成为通俗易懂的经典。

陆游的《剑门道中遇微雨》："衣上征尘杂酒痕，远游无处不消魂。此身合是诗人未？细雨骑驴入剑门。"

《剑门道中遇微雨》是陆游被贬四川成都途经剑门关时所作的一首七言绝句。这首诗不仅描写了当时陆游在剑门道中遇微雨时的情景，还概括了陆游数十年间，行遍万里路的遭遇和心情。最后一句"细雨骑驴入剑门",充满诗情画意,历来深受赞誉,广为流传,但其背后却是陆游报国无门的情怀。

陆游的《诉衷情·当年万里觅封侯》:"当年万里觅封侯,匹马戍梁州。关河梦断何处,尘暗旧貂裘。

"胡未灭,鬓先秋,泪空流。此生谁料,心在天山,身老沧洲。"

此词回忆了作者一生中最值得怀念的一段岁月,通过今昔对比,反映了一位爱国志士的坎坷经历和不幸遭遇,表达了作者壮志未酬、报国无门的悲愤不平之情。

陆游的《十一月四日风雨大作》其二:"僵卧孤村不自哀,尚思为国戍轮台。夜阑卧听风吹雨,铁马冰河入梦来。"

"夜阑卧听风吹雨,铁马冰河入梦来",这是名句,意译为:夜深了,我躺在床上听到那风雨声,就梦见自己骑着披着盔甲的战马跨过冰封的河流出征北方疆场。这是作者晚年所作,作者晚年境遇困顿,身体衰弱,但并没有哀伤自己,而是想着从军奔赴边疆,跨战马,抗击敌人进犯,这是诗人爱国主义的伟大表现。

陆游的《示儿》:"死去元知万事空,但悲不见九州同。王师北定中原日,家祭无忘告乃翁。"

译文:知道死去之后就什么也没有了,但因没能见到国家统一而感到悲伤。当大宋军队收复了中原失地之时,你们举行家祭时不要忘了把这一喜讯告诉我的魂灵!

诗人于嘉定二年(1209 年)冬十二月写了这首诗,也是诗人的绝笔诗。朱自清先生在《爱国诗》中写道:"这是他爱国热诚的理想化。"

陆游的诗词，跳动着澎湃的爱国之心，充满在坎坷的一生中永葆青春的蓬勃之心。他爱得强烈，爱得深厚，他的诗文采飞扬，句句经典，千年流传，他的词精辟深刻，警语飞扬，给人以深刻的启迪与教诲，一个"美"字贯穿始终。

陆游的诗词，有对过去爱人的深情怀念，有对儿子的殷切忠告，有对红梅品格的高度赞颂，有对未来希望之路的探索，一个"情"字贯穿始终。

陆游的诗词，踏着铿锵有力的节拍，跳动着顽强生命力的符号，一生凛然正气，生命不息，斗志不减，意志弥坚，直到生命的最后一刻，仍然发出"王师北定中原日，家祭无忘告乃翁"的赤诚呼声，这种忧国忧民的高尚品格与高风亮节，是多么值得今天的人们很好地继承，一个"忠"字贯穿始终。

陆游的诗词，给我们指引方向，教我们如何爱，如何恨，如何为国家奉献，如何做事，如何做人，如何行路，如何让一生放射出夺目的光彩，一个"智"字贯穿始终。

让我们循着陆游的足迹前进吧，让我们徜徉在陆游温暖、丰富而激越的诗篇中，鼓舞我们的斗志吧！让陆游的诗篇在新时代中放射更大的光芒。

2023.2.7

稻花香里说丰年

——读辛弃疾的词

辛弃疾（1140 年 5 月 28 日—1207 年 10 月 3 日），原字坦夫，后改字幼安，中年后别号稼轩，山东东路济南府历城县（今山东省济南市历城区）人，南宋官员、将领、文学家，豪放派词人，有"词中之龙"之称。与苏轼合称"苏辛"，与李清照并称"济南二安"。

辛弃疾一生以恢复中原为志，以功业自许，却命运多舛，壮志难酬，但他始终没有动摇信念。其词艺术风格多样，以豪放为主，风格沉雄豪迈又不乏细腻柔媚之处；题材广阔又善化用典故入词，现存词六百多首。

辛弃疾的《永遇乐·京口北固亭怀古》："千古江山，英雄无觅孙仲谋处。舞榭歌台，风流总被雨打风吹去。斜阳草树，寻常巷陌，人道寄奴曾住。想当年，金戈铁马，气吞万里如虎。

"元嘉草草，封狼居胥，赢得仓皇北顾。四十三年，望中犹记，烽火扬州路。可堪回首，佛狸祠下，一片神鸦社鼓。凭谁问：廉颇老矣，尚能饭否？"

这首词的背景："这首政治抒情词写于宋宁宗开禧元年（1205年），作者时年六十六岁，尚在镇江知府任上。此时南宋朝廷里，正紧锣密鼓地准备北伐。主持其事的宰相韩侂胄，寡谋躁进，急于立盖世功勋以巩固自己的权位，不待条件成熟，就要命将出师。消息传到镇江，辛弃疾感慨良多，心情十分矛盾和复杂。这首词，就是通过怀古来表达自己既积极支持和参与抗金北伐，同时又坚决反对轻率冒进的正确战略思想。"（刘扬忠著《辛弃疾诗选》，第293页，人民文学出版社）

明代文学家杨慎说：辛词当以"京口北固亭怀古"《永遇乐》为第一。

"舞榭歌台，风流总被雨打风吹去"，无论繁华的舞榭歌台，还是英雄的流风余韵，总被无情风雨吹打而去。"风流总被雨打风吹去"成为名言精句，英雄总是要经历风吹雨打，总是要历尽磨难，总是要经得起历史的考验。

"廉颇老矣，尚能饭否"，表明英雄老当益壮，壮志不减，同时又感叹时光流逝，岁月无情。

辛弃疾的《青玉案·元夕》："东风夜放花千树。更吹落、星如雨。宝马雕车香满路。凤箫声动，玉壶光转，一夜鱼龙舞。

"蛾儿雪柳黄金缕。笑语盈盈暗香去。众里寻他千百度，蓦然回首，那人却在，灯火阑珊处。"

意译：东风吹开了元宵夜的火树银花，花灯灿烂，就像千树花开。从天而降的礼花，犹如星雨。豪华的马车在飘香的街道行过。悠扬的凤箫声四处回荡，玉壶般的明月渐渐转向西边，一夜舞动鱼灯、龙灯不停歇，笑语喧哗。

美人头上都戴着华丽的饰物，笑语盈盈地随人群走过，只有衣香犹在暗中飘散。我在人群中寻找她千百回，猛然回头，不经意间却在灯火零落之处发现了她。

这首著名的元宵词是辛弃疾三十一岁到三十二岁在杭州任司龙寺主簿期间所作。此词的主旨是什么？历代词学家有各种说法，梁启超说：此词是作者"自怜幽独，伤心人别有怀抱"（梁令娴《艺蘅馆词选》引）。

诗人关于元宵的诗作可谓不少，但令人最喜欢的就是辛弃疾的《青玉案·元夕》，这首词用最美的词、最繁华的场景、最深切的感情，把元宵节人们的喜庆、情感与思念表达出来，而其中的"东风夜放花千树""星如雨""一夜鱼龙舞""笑语盈盈暗香去""众里寻他千百度，蓦然回首，那人却在，灯火阑珊处"等绝句，成为千年经典，在现代社会被广泛引用，比如著名的网络领军百度公司，就引用了其中的"百度"两字。

辛弃疾的《破阵子·为陈同甫赋壮词以寄之》："醉里挑灯看剑，梦回吹角连营。八百里分麾下炙，五十弦翻塞外声，沙场秋点兵。马作的卢飞快，弓如霹雳弦惊。了却君王天下事，赢得生前身后名。可怜白发生！"

此词通过追忆早年抗金部队的阵容气概以及作者自己的沙场生涯，表达了杀敌报国、收复失地的理想，抒发了壮志难酬、英雄迟暮的悲愤心情。全词以末一句否定前九句，前九句写得酣恣淋漓，正为加重末一句的失望之情，这体现了词人的豪放风格和独创精神。

"赢得生前身后名"，就是赢得世代相传的美名。这不仅是古人的志向，也是我们现代人的目标。而赢得生前身后名，要有一生忠诚无私的奋斗，要有一辈子坚韧不拔的努力，因为人才是"盖棺论定"，不是凭一时的作为。

辛弃疾的《西江月·夜行黄沙道中》："明月别枝惊鹊，清风半夜鸣蝉。稻花香里说丰年，听取蛙声一片。七八个星天外，两三点雨山前。旧时茅店社林边，路转溪桥忽见。"

意译：明亮的月光惊醒了栖息在枝头的喜鹊，半夜里清风送来了远处的阵阵蝉鸣声。田野里飘散着稻花的清香，青蛙在歌唱着丰收的年景。

稀疏的星光闪烁在天边，点点细雨洒落在山前。我想过溪避雨，转个弯到小桥上忽然看见，那熟悉的旧时茅店就在土地庙旁丛林边。

此词作于作者贬官闲居江西之时，写于江西上饶黄沙岭道（黄沙岭乡黄沙村）的夜晚，着意描写黄沙岭的夜景：明月清风，疏星稀雨，鹊惊蝉鸣，稻花飘香，蛙声一片，是宋词中以农村生活为题材的佳作。

"稻花香里说丰年"，成为千古名句，是对乡村田野美景的肯定，是对农业丰收的赞美，是风调雨顺的大好年景，是一曲美好生活的赞歌。我在创作《潮起东方》这首歌曲的歌词中，引用了这句词，其中第一段为"东方风来春满眼，大地换新天，春潮滚滚起宏图，山河绽笑颜。北国林海红梅艳，南国椰林映蓝天。长江起舞黄河唱，稻花香里说丰年"。

辛弃疾的《南乡子·登京口北固亭有怀》："何处望神州？满眼风光北固楼。千古兴亡多少事？悠悠，不尽长江滚滚流。年少万兜鍪，坐断东南战未休。天下英雄谁敌手？曹刘。生子当如孙仲谋。"

创作背景与主要释义："这首词为嘉泰四年（1204）作者在镇江知府任上所作。词以凭吊历史上的英雄人物来讽刺南宋当权者，写得极为简洁明快，并巧用古语来恰切地表现了主题。作者之所以选取曾在京口大有作为的三国英雄来大力颂扬，主要原因在于：孙权与不战而降的刘表之子刘琮等人不同，他敢与北方强敌曹操争锋，多次抵御并战胜南侵之敌。这样寓意明显的怀旧之作，其矛头所向显然是针对一贯软弱偷安的南宋统治集团。"（刘扬忠著《辛弃疾词选》，第 289 页，人民文学出版社），"不尽长江滚滚流"成为千古名句，代表着历史趋势不可阻挡。

读辛弃疾的词，为他浓浓的爱国热情所感动，为他忧国忧民的情结所牵挂，为他老当益壮的豪迈气势所震撼，为他一篇篇震撼人心的战斗诗篇所激动、所感染，他一生都在为"赢得生前身后名"而努力，英雄暮年，仍然发出"廉颇老矣，尚能饭否？"的强音。

读辛弃疾的词，感受到词人不仅是驰骋疆场的将军，是奋战沙场的英雄，更是柔情似水、风格细腻柔媚的抒情高手，他的《青玉案·元夕》成为千古流传的元宵节颂词，人们至今也无法超越，"众里寻他千百度，蓦然回首，那人却在，灯火阑珊处"一直成为我们梦想的目标，千年来引领无数人为此目标而乐此不疲。"稻花香里说丰年"，一直成为我们对丰收的期待，成为幸福中国与美好乡村的象征。

2022.3.8

江东子弟多才俊，卷土重来未可知

——读杜牧的诗文

杜牧（803—852），唐京兆万年（今陕西省西安市）人，字牧之，唐朝宰相杜佑之孙，唐代文学家、大和进士，历任淮南节度使等职。晚年长居樊川别业，世称杜樊川。

杜牧，性刚直，不拘小节，不屑逢迎，自负经略之才，诗、文均有盛名。文以《阿房宫赋》为最著名，诗作明丽隽永，绝句尤受人称赞，世称"小杜"。与李商隐齐名，合称"小李杜"。代表作《清明》《山行》《泊秦淮》《江南春》《赤壁》《题乌江亭》等，脍炙人口。

杜牧的《清明》："清明时节雨纷纷，路上行人欲断魂。借问酒家何处有？牧童遥指杏花村。"

《清明》中，第一句写出了情景、环境、气氛；第二句写出了人物凄迷纷乱的心境；第三句提问何处去；第四句回答了方向。全诗色彩清淡，通俗易懂，一个难字也没有，一个典故也没用，心境由低而高，逐步上升，高潮顶点放在最后的手法，余韵邈然，耐人寻味，历来广为传诵，千年以来，一直是描写清明节最好的诗篇。

这里的杏花村或有泛指之意，如果实指，应是指池州的杏花村，因为杜牧曾在此任职，而且那时池州也有酿酒。

杜牧的《山行》："远上寒山石径斜，白云生处有人家。停车坐爱枫林晚，霜叶红于二月花。"

《山行》中，诗人描绘秋日山行所见的景色，展现出一幅动人的山林秋色图，山路、人家、白云、红叶，构成一幅和谐统一的画面，表现了作者的高怀逸兴和豪荡思致。全诗构思新颖，布局精巧，于萧瑟秋风中摄取绚丽秋色，与春光争美，令人赏心悦目，为之一振。从此"白云生处有人家"成为人们心中向往的目标，而"霜叶红于二月花"成为秋色胜春天的代名词。

杜牧的《泊秦淮》："烟笼寒水月笼沙，夜泊秦淮近酒家。商女不知亡国恨，隔江犹唱后庭花。"

这首诗写的是作者夜游秦淮河听见歌女演唱《玉树后庭花》，大为感慨。《玉树后庭花》是南朝末代皇帝陈叔宝创作的一首宫体诗，陈后主沉湎于声色犬马，不思进取，最后导致国破家亡。这卖唱的歌女不知亡国之事不懂亡国之恨，当今那些当权者执迷不悟，大唐盛世很快就要步陈后主的后尘了。这首诗表现了诗人忧国忧民的悲愤心情。"商女不知亡国恨"，从此成为忧国忧民的一句名诗。

杜牧的《江南春》："千里莺啼绿映红，水村山郭酒旗风。南朝四百八十寺，多少楼台烟雨中。"

作者描绘了明媚的江南春光，再现了江南烟雨蒙蒙的楼台景色，把江南风光写得神奇迷离，别有一番情趣。"南朝四百八十寺，多少楼台烟雨中"，在诗人的笔下，烟雨江南无限魅力，千百年来，这两句也成为烟雨江南的代名词。

杜牧的《赤壁》："折戟沉沙铁未销，自将磨洗认前朝。东风不与周郎便，铜雀春深锁二乔。"

"折戟沉沙铁未销，自将磨洗认前朝。"这两句意为折断的战戟沉在泥沙中并未被销蚀，自己将它磨洗后认出是前朝遗物。

"东风不与周郎便，铜雀春深锁二乔。"后两句久为人们所传诵的佳句，意为倘若当年东风不帮助周瑜的话，那么铜雀台就会深深地锁住东吴二乔了。

诗人评论这次赤壁之战成败的原因，只选择当时的胜利者——周郎和他倚以制胜的因素——东风来写，诗人从反面落笔：假使这次东风不给周郎以方便，那么，胜败双方就要易位，历史形势将完全改观。如果曹操成了胜利者，那么，大乔和小乔就必被锁在曹操的铜雀台。表现了曹操风流的一面，"春深"更加深了风流韵味，一个"锁"字，进一步凸显其金屋藏娇之意。

毛主席对杜牧这首诗很喜爱，1971 年 9 月 12 日至 14 日，毛泽东度过了一连两个不眠之夜。一个月后，他以自嘲的口吻说：我的"亲密战友"啊！多"亲密"啊！他又引用杜牧的诗曰："折戟沉沙铁未销，自将磨洗认前朝。东风不与周郎便，铜雀春深锁二乔。"他说："三叉戟飞机摔在蒙古，真的'折戟沉沙'呀！"（袁德金著《毛泽东与陈毅》，第 327 页，中国青年出版社）

杜牧的《题乌江亭》："胜败兵家事不期，包羞忍耻是男儿。江东子弟多才俊，卷土重来未可知。"

杜牧于会昌元年（841 年）赴任池州刺史时，路过乌江亭，即现在的安徽和县东北的乌江浦，相传为项羽兵败自刎处。600 年后，诗人路遇此地，感古伤今，写下了这首七绝咏史诗。

诗人在《题乌江亭》中,首句言胜败乃兵家常事。次句批评项羽胸襟不够宽广,缺乏大将气度。三、四句设想项羽假如回江东重整旗鼓,说不定就可以卷土重来。这首诗对项羽负气自刎表示惋惜,表现了诗人高屋建瓴的宏大气魄,也赞美了江南人的才俊,"江东子弟多才俊,卷土重来未可知"从此成为千古名句。

杜牧的《遣怀》:"落魄江湖载酒行,楚腰纤细掌中轻。十年一觉扬州梦,赢得青楼薄幸名。"

《遣怀》乃诗人感慨人生、自伤怀才不遇之作。全诗表面上是抒写自己对往昔扬州幕僚生活的追忆与感慨,实际是发泄自己对现实的满腹牢骚,对自己处境的不满。杜牧于公元833—835年,在淮南节度史牛僧孺幕府任推官,转掌书记,居扬州。"十年一觉扬州梦,赢得青楼薄幸名"是诗人十年后对扬州纵情诗歌又入青楼的放浪形骸生活的回忆,也是对自己青春虚掷、事业未成的人生感叹,同时也成为人们喜爱的名句。

杜牧的《寄扬州韩绰判官》:"青山隐隐水迢迢,秋尽江南草未凋。二十四桥明月夜,玉人何处教吹箫。"

这是诗人离开扬州后所作。诗人着意刻画深秋的扬州依然绿水青山、草木葱茏,二十四桥月夜仍然乐声悠扬、清丽俊爽,以此调侃友人生活的闲逸,表达了诗人对过去在扬州生活的深情怀念。"二十四桥明月夜,玉人何处教吹箫",这句诗千古流传,二十四桥现在仍在,成为扬州瘦西湖的一个标志,成为扬州的一张名片,成为人们的热切向往。

杜牧的诗绝代风骚,佳句频出,高人一筹,他的散文同样出色,千古流传。杜牧最著名的散文有《阿房宫赋》《罪言》《守论》等。

杜牧的《阿房宫赋》节选："嗟乎！一人之心，千万人之心也。秦爱纷奢，人亦念其家；奈何取之尽锱铢，用之如泥沙？使负栋之柱，多于南亩之农夫；架梁之椽，多于机上之工女；钉头磷磷，多于在庾之粟粒；瓦缝参差，多于周身之帛缕；直栏横槛，多于九土之城郭；管弦呕哑，多于市人之言语。使天下之人，不敢言而敢怒；独夫之心，日益骄固。戍卒叫，函谷举；楚人一炬，可怜焦土。

"呜呼！灭六国者，六国也，非秦也。族秦者，秦也，非天下也。嗟乎！使六国各爱其人，则足以拒秦；使秦复爱六国之人，则递三世可至万世而为君，谁得而族灭也？秦人不暇自哀，而后人哀之；后人哀之而不鉴之，亦使后人而复哀后人也。"

《阿房宫赋》，通过对阿房宫兴建及毁灭的描写，生动形象地总结了秦朝统治者骄奢亡国的历史教训，向唐朝统治者大声疾呼："呜呼！灭六国者，六国也，非秦也。族秦者，秦也，非天下也。"表现出一个正直文人忧国忧民、匡世济俗的情怀。全赋运用丰富的想象，以铺叙、夸张的手法，富于抑扬顿挫的音乐节奏，展开描写。全篇结构严谨，立意高远，气势磅礴，哲理深刻，是一篇高水平的散文，流传千年至今。

杜牧的诗，是春天的呼唤，是秋日的硕果，荡漾着春天的气息，沉浸于秋色的美丽。"千里莺啼绿映红""停车坐爱枫林晚，霜叶红于二月花""青山隐隐水迢迢，秋尽江南草未凋"等诗篇，把江南春秋美景尽情描绘，如诗如画。

杜牧的诗，是美的旋律，是美丽的风景，是清明节的特定符号。"清明时节雨纷纷，路上行人欲断魂。借问酒家何处有，牧童遥指杏花村"，每当清明节，我们祭拜已逝的亲人时，杜牧的这首诗就会在我们的耳边响起，给我们带来慰藉，这种陪伴千年以来从未缺席。

杜牧的诗，是爱的呼唤，是爱的心声，是历史的烙印，是城市的符号。"十年一觉扬州梦，赢得青楼薄幸名""二十四桥明月夜，玉人何处教吹箫"等，记载着诗人当年在扬州的难忘经历，包含着诗人的多少爱，如今杜牧的这些诗篇也成为扬州的一张城市名片，扬州与瘦西湖因杜牧的诗篇而增添光彩。而"烟笼寒水月笼沙，夜泊秦淮近酒家。商女不知亡国恨，隔江犹唱后庭花"的诗篇，成为如今人们争相去南京逛夫子庙、游秦淮河的理由，在那里听听歌曲，喝喝美酒，划船游览，在夜色中寻找诗人的踪影。

杜牧的诗，是思想的火花，是战争的剑影。"折戟沉沙铁未销，自将磨洗认前朝"，短短两句，将沧桑历史写尽，将不朽的战争经典描绘，堪称评论赤壁之战的最好诗句，是描写经典战役的经典诗篇。

杜牧的诗，有博大的胸襟，有远大的抱负。"胜败兵家事不期，包羞忍耻是男儿。江东子弟多才俊，卷土重来未可知"，以深厚的情感与远大的胸襟，直言胜败乃兵家常事，男儿要有包羞忍耻的胸怀。批评项羽胸襟不够宽广，缺乏大将气度，设想项羽假如回江东重整旗鼓，有东山再起的可能。

杜牧的散文，最大特点是以议论见长，文思充沛，结构严谨，气势纵横，敢于论大事，指陈时弊，具有很强的现实性，继承了韩、柳派古文家的优良传统。

杜牧是一位堪称完美的诗人与散文家，他的诗几乎都是经典，千年以来，句句流传；他的散文，哲理深刻，文章优美，成为我们作文的楷模。

2023.2.9

曾经沧海难为水

——读元稹的诗文

元稹（779—831年），字微之，别字威明，洛阳（今属河南洛阳市）人。唐朝大臣、文学家。北魏宗室鲜卑拓跋部后裔，北魏昭成帝拓跋什翼犍十九世孙。

元稹聪明机智过人，少时即有才名，与白居易同科及第，并结为终生诗友，二人共同倡导新乐府运动，世称"元白"，诗作号为"元和体"。但是元稹在政治上并不得意，虽然一度官至宰相，却在觊觎相位的李逢吉的策划下被贬往外地。晚年官至武昌节度使等职。死后追赠尚书右仆射。

元稹诗文兼擅，新修订后的《元稹集》有三十四卷，乐府诗在元诗中占有很大分量。元诗中最具特色的是艳诗和悼亡诗。元稹在散文和传文方面也有一定成就，他首创古文制诰，格高词美，为人效仿。

元稹的《离思五首·其四》："曾经沧海难为水，除却巫山不是云。取次花丛懒回顾，半缘修道半缘君。"

这是元稹著名的悼念亡妻的诗，"曾经沧海难为水，除却巫山不是云"的意思是：经历过波澜壮阔的大海，别处的水再也不值得一观。陶醉过巫山云雨的梦幻，别处的风景就不称为云雨了。

"曾经沧海难为水，除却巫山不是云"，是从《孟子·尽心》篇"观于海者难为水，游于圣人之门者难为言"变化而来。巫山有朝云峰，下临长江，云蒸霞蔚。据战国楚宋玉《高唐赋序》说："其云为神女所化，上属于天，下入于渊，茂如松榯，美若娇姬。"（摘自《历代绝妙好诗》，第 298 页，上海辞书出版社）

诗人借"沧海水""巫山云"这世间绝美的景象，表达了自己对爱妻坚贞不渝的感情，表现了夫妻昔日的美好感情，从而使这两句成为千古绝句。

元稹的《菊花》："秋丛绕舍似陶家，遍绕篱边日渐斜。不是花中偏爱菊，此花开尽更无花。"

《菊花》先描述秋菊之多、花开之盛仿佛陶渊明家，以及诗人专注地看花时悠闲的情态；后写出了自己独特的爱菊花的理由。

诗人为什么如此着迷地偏爱菊花呢？"不是花中偏爱菊，此花开尽更无花"，是因为菊花在百花之中是最后凋谢的，一旦菊花谢尽便无花可赏，暗含了对菊花历尽寒冷最后凋零的坚强品格的赞美之情，也表达了自己虽历经逆境仍不改初衷的意志，成为一首咏菊的千古美丽诗篇。

元稹的《遣悲怀三首·其二》："昔日戏言身后事，今朝都到眼前来。衣裳已施行看尽，针线犹存未忍开。尚想旧情怜婢仆，也曾因梦送钱财。诚知此恨人人有，贫贱夫妻百事哀。"

这是元稹悼念亡妻的一首诗。意译：往昔曾经戏言我们身后的安排，如今都按你所说的展现在眼前。你穿过的衣裳已经快施舍完了，你的针线盒我珍藏着不忍打开。因怀念你我对婢仆也格外怜爱，也曾因梦见你并为你送去钱财。我诚知死别之恨世间人人都有，但咱们共苦夫妻死别更觉哀痛。

"贫贱夫妻百事哀"，指贫贱时夫妻相濡以沫，诗人在现在生活中还处处都有亡妻的影子，好像什么事物都能联想到她，心中充满无尽的悲哀。元稹的这首诗成为千古名篇，表达了他对亡妻韦丛的深深怀念之情。元稹官做得很大，做到宰相级别，但是仕途非常坎坷，曾经被流放在外多年。元稹的结发妻子名叫韦丛，是高官韦夏卿的小女儿，嫁给元稹的时候年仅20岁。身为大家闺秀的韦丛，跟着元稹过了多年颠沛流离的生活，到27岁的时候就死了，元稹对韦丛的感情极深，他的很多著名诗篇都与悼念亡妻有关。

元稹的《闻乐天授江州司马》："残灯无焰影幢幢，此夕闻君谪九江。垂死病中惊坐起，暗风吹雨入寒窗。"

唐宪宗元和十年（815年）八月，诗人的好友白居易因宰相武元衡在京城被人刺杀，上疏急请追捕凶手，查清这一事件，陈词激切，得罪权贵，被贬为江州司马。当时诗人被贬通州，正卧病在床，听到这一消息，心情非常难过，立刻抱病写下了这首诗远寄江州。

"垂死病中惊坐起"，成为一句名言，"惊坐起"三字，把消息的惊人和闻者的震惊以及当时难受的心情、状态等，强烈地表达了出来。一个"惊"字加重了语气，体现了诗人的震惊与难受，表现了他与白居易深厚的情感。"暗风吹雨入寒窗"，夜很深了，诗人惊坐床上，只听见风雨扑窗的声音，这是凄凉的景色与心境融合为一，情调悲怆。元白之间的牵挂是彼此的，白居易在元稹初遭贬谪、前往江陵上任时曾写下"枕上忽惊起，颠倒着衣裳"的诗篇，可见元白二人的情感之深厚，彼此关切。

元稹在长篇诗与散文方面也有突出的成就，开创了古文改革的先河。

《连昌宫词》节选："晨光未出帘影黑，至今反挂珊瑚钩。指似傍人因恸哭，却出宫门泪相续。自从此后还闭门，夜夜狐狸上门屋。我闻此语心骨悲，太平谁致乱者谁。翁言野父何分别，耳闻眼见为君说。姚崇宋璟作相公，劝谏上皇言语切。爕理阴阳禾黍丰，调和中外无兵戎。

"长官清平太守好，拣选皆言由相公。开元之末姚宋死，朝廷渐渐由妃子。禄山宫里养作儿，虢国门前闹如市。弄权宰相不记名，依稀忆得杨与李。庙谟颠倒四海摇，五十年来作疮痏。今皇神圣丞相明，诏书才下吴蜀平。官军又取淮西贼，此贼亦除天下宁。年年耕种宫前道，今年不遣子孙耕。老翁此意深望幸，努力庙谋休用兵。"

这首叙事诗作于公元 818 年（元和十三年），当时元稹在通州任司马。唐朝自安史之乱后，藩镇割据，迅速由盛而衰。唐宪宗时改革朝政，有一些中兴气象。公元 817 年冬天，国内暂告安定。诗人生活在这个特定的时代，于是写下了这首著名的长篇叙事诗。诗中，诗人通过唐朝的兴衰，说明了弄权宰相的危害，论述了贤臣的作用，殷切地盼望皇帝听忠言、纳良计，努力于国家发展，不要再起战争杀伐。

"曾经沧海难为水，除却巫山不是云"，这是元稹对亡妻的情感，也是对曾经美好的怀念，是一种崇高的内心世界，也成为我们的追求目标。

"此花开尽更无花"，坚持到最后凋零，这是菊花的品格，也是诗人的品格。坚持到永远，是我们的追求。创新未来，引领发展，做前人没有做过的事，走前人没有走过的路，在新赛道上奋进，要学会坚强，要坚持永远。

　　读着元稹的诗，不仅为元稹杰出的文学才华所钦佩，他的不朽诗篇在千年后仍然放射出夺目的光辉，深受现代人的喜爱；更为他对亡妻韦丛坚贞的爱与对友人（白居易）深厚的情所感动，他高尚的品格与他的诗篇一样，永放光芒。

2023.2.13

机关用尽不如君

——读黄庭坚的诗词

黄庭坚（1045年6月12日—1105年9月30日），有山谷道人、涪翁等之称，北宋著名的文学家、书法家、江西诗派开山之祖。宋江南西路洪州府分宁（今江西省九江市修水县）人，祖籍浙江省金华市。北宋诗人黄庶之子，南宋中奉大夫黄相之父。北宋大孝子，《二十四孝》中"涤亲溺器"故事的主角。

黄庭坚在诗、词、散文、书、画等方面均取得很高成就。黄庭坚的诗，被苏轼称为"山谷体"。书法方面，黄庭坚和北宋书法家苏轼、米芾和蔡襄齐名，世称"宋四家"。在文学界，黄庭坚生前与苏轼齐名，时称"苏黄"。作品有《山谷词》《豫章黄先生文集》等。

黄庭坚的《寄黄几复》："我居北海君南海，寄雁传书谢不能。桃李春风一杯酒，江湖夜雨十年灯。持家但有四立壁，治病不蕲三折肱。想见读书头已白，隔溪猿哭瘴溪藤。"

这首诗作于宋神宗元丰八年（1085年），此时黄庭坚监德州（今属山东）德平镇。黄几复，名介，南昌（今江西南昌市）人，与黄庭坚少年交游，交情很深，黄庭坚为黄几复写过不少诗。此时黄几复知四会县（今广东四会县）。当时两人分处天南海北，黄庭坚遥想友人，以故为新，运古于律，写下了这首流传千古的诗篇。

"桃李春风一杯酒，江湖夜雨十年灯"，是点金之句，意为当年我们在春风中一起喝酒赏花，如今天各一方，江湖路远，一别已经十年，经常对着一盏孤灯在雨夜中思念你。"桃李春风"与"江湖夜雨"的对比，"一杯酒"与"十年灯"的对应，给人印象深刻，从而成为千古绝句。这两句在当时就很有名，《王直方诗话》云："张文潜谓余曰：黄几复：'桃李春风一杯酒，江湖夜雨十年灯。'真奇语。"

"持家但有四立壁，治病不蕲三折肱。"说明了黄几复的清廉与能力，而"想见读书头已白"则是诗人想朋友清贫自守发愤读书，如今头发已白，这几句都是流传的佳句。

黄庭坚的《牧童诗》："骑牛远远过前村，短笛横吹隔陇闻。多少长安名利客，机关用尽不如君。"

在《桐江诗话》中记载，该《牧童诗》为黄庭坚七岁时创作，即皇祐三年辛卯（1051 年）。有一天，黄庭坚父亲黄庶邀请几位诗友一起在家饮酒吟诗。其中一位说："久闻令郎少年聪慧，何不让他也来吟一首！"这时，黄庭坚想起了吹笛子的小牧童，便以牧童为题，作一首诗。

《牧童诗》，前两句描写牧童在牛背上悠然吹短笛的情景，后两句即事论理，拿牧童和长安名利客对比，表达了作者赞颂牧童清闲恬适，不追求名利的生活情怀，作者认为人应活得悠闲自在，不应受名利所驱使。

这首诗把老牛、牧童、笛子与田园风光融为一起，描绘出一幅美丽、纯洁与梦幻式的田园牧歌景象，这些场景后来出现在台湾的《乡间的小路》等歌曲里。牧童出现的场面与长安城那些用尽心机、追逐名利的场面形成鲜明的对照。"多少长安名利客，机关用尽不如君"成为千古名句，《红楼梦》中的"机关算尽太聪明，反误了卿卿性命"与其有异曲同工之妙。

黄庭坚的《答许觉之惠桂英椰子茶盂两首》其一："万事相寻荣与衰，故人别来鬓成丝。欲知岁晚在何许，唯说山中有桂枝。"

意译：万事不断繁荣与衰落，老友久别鬓发成了银丝。想知道岁晚在哪里，只说山里有桂枝。

"万事相寻荣与衰，故人别来鬓成丝"说明事物的繁荣与衰落是不以人的意志为转移的，久别的人们各自的衰老也是无法抗拒的，这是历史的规律。

黄庭坚的《登快阁》："痴儿了却公家事，快阁东西倚晚晴。落木千山天远大，澄江一道月分明。

"朱弦已为佳人绝，青眼聊因美酒横。万里归船弄长笛，此心吾与白鸥盟。"

《登快阁》，此诗作于作者在太和（今江西省泰和县）令任上。百姓的困苦，官吏的素餐，使作者有志难展，于是产生孤独寂寞之感。因此诗写在开朗空阔的背景下的忘怀得失的"快"意，终因知音难觅而产生归欤之思。叙事，写景，一气贯注，波荡生姿，余韵无穷。

白话译文：我并非大器，只会认真做官事，忙碌了一天了，趁着傍晚雨后初晴，登上快阁来放松一下心情。举目远望，时至初冬，万木萧条，天地更显得阔大。而在朗朗明月下澄江如练分明地向远处流去。友人远离，早已没有弄弦吹箫的兴致了，只有见到美酒，眼中才流露出喜色。想想人生羁绊、为官蹭蹬，还真不如找只船坐上去吹着笛子，漂流到家乡去，在那里与白鸥做伴逍遥自在，难道不是更好的归宿吗？

黄庭坚的《水调歌头·游览》："瑶草一何碧，春入武陵溪。溪上桃花无数，花上有黄鹂。我欲穿花寻路，直入白云深处，浩气展虹霓。只恐花深里，红露湿人衣。

"坐玉石，欹玉枕。拂金徽。谪仙何处，无人伴我白螺杯。我为灵芝仙草，不为朱唇丹脸，长啸亦何为。醉舞下山去，明月逐人归。"

意译：瑶草多么碧绿，春天来到了武陵溪。溪水上有无数桃花，花的上面有黄鹂。我想要穿过花丛寻找出路，却走到了白云的深处，彩虹之巅展现浩气。只怕花深处，露水湿了衣服。

坐着玉石，靠着玉枕，拿着金徽。被贬谪的仙人在哪里，没有人陪我用田螺杯喝酒。我为了寻找灵芝仙草，不为表面繁华，长叹为了什么。喝醉了手舞足蹈地下山，明月一路伴随着我。

《水调歌头·游览》是黄庭坚的代表性作品之一，此词通过抒发一次春游的感受，表现了鄙弃世俗的清高。上阕描绘溪山美丽的春景；下阕描述主人公高蹈遗世之情态，大有放浪形骸之外的飘逸和潇洒。

"我欲穿花寻路，直入白云深处""只恐花深里，红露湿人衣""醉舞下山去，明月逐人归"等都是佳语与绝句，流传至今。

黄庭坚的诗词，佳句频出，金句不断，千年流传，到处是美丽的光芒，到处是鼓舞的力量，到处是智慧在闪耀，是一个丰富的宝库，让后人从他的诗词中得到重大的启示。

黄庭坚的诗词，充满着浓浓的生活气息，散发着泥土的芬芳，在他的诗里，尽现田园牧歌般的景象，尽现大自然的美好。他的诗，充满着他的爱与憎，他把爱写在诗里，他把憎融入句中，在新旧党争中处处碰壁，但他仍保持着高风亮节。

2023.2.13

图书在版编目（CIP）数据

枫叶红了：赵振元散文自选集／赵振元著 . -- 北京：作家出版社，2024.8

ISBN 978 - 7 - 5212 - 2782 - 6

Ⅰ.①枫… Ⅱ.①赵… Ⅲ.①散文集 - 中国 - 当代 Ⅳ.①I267

中国国家版本馆 CIP 数据核字（2024）第 078497 号

枫叶红了——赵振元散文自选集

作　　者：赵振元
责任编辑：田小爽
装帧设计：Amber Design 琥珀视觉
出版发行：作家出版社有限公司
社　　址：北京农展馆南里 10 号　　　邮　　编：100125
电话传真：86 - 10 - 65067186（发行中心及邮购部）
　　　　　86 - 10 - 65004079（总编室）
E - mail: zuojia@zuojia. net. cn
http: // www.ZUOJIACHUBANSHE.com
印　　刷：北京盛通印刷股份有限公司
成品尺寸：145 × 210
字　　数：217 千
印　　张：9.625
版　　次：2024 年 8 月第 1 版
印　　次：2024 年 8 月第 1 次印刷
ISBN 978 - 7 - 5212 - 2782 - 6
定　　价：78.00 元